倪匡奇情作品集

木蘭花傳奇 12

死城

（含：三張面具、死城）

倪匡 著

目錄

三張面具

【總序】木蘭花VS.衛斯理——倪匡奇幻系列的兩大巔峰　秦懷玉……4
1 新式武器……10
2 犧牲品……27
3 前奏曲……45
4 小綿羊好嗎……65
5 主動地位……83
6 是真是假……101
7 三張面具……119
8 兩個白癡……136

死城

1 包發達……164

2 尋寶隊……183

3 出師未捷……201

4 打破啞謎……220

5 致命錯誤……238

6 常識問題……259

7 人性弱點……279

8 迦太基寶藏……299

【總序】

木蘭花VS.衛斯理——倪匡奇幻系列的兩大巔峰

秦懷玉

對所有的倪匡小說迷來說，《衛斯理傳奇》無疑是他最成功、也最膾炙人口的作品了，然而，卻鮮有讀者知道，早在《衛斯理傳奇》之前，倪匡就已經創造了一個以女性為主角的系列奇情故事，甫出版即造成大轟動，《木蘭花傳奇》遂成為倪匡眾多著作中最具特色與最受讀者喜愛的兩大系列之一；只因衛斯理的魅力太過強大，使得《木蘭花傳奇》的光芒被掩蓋，長此以往被讀者忽視的情形下，漸漸成了遺珠。

有鑑於此，時值倪匡仙逝週年之際，本社特別重新揭刊此一系列，希望藉由新的編排與介紹，使喜愛倪匡的讀者也能好好認識她。

《木蘭花傳奇》是倪匡以筆名「魏力」所寫的動作小說系列。原載於香港新報及《武俠世界》雜誌，內容主要是以黑女俠木蘭花、堂妹穆秀珍及花花公子高翔三人所組成的「東方三俠」為主體，專門對抗惡人及神秘組織，他們先後打敗了號稱「世界上最危險的犯罪集團」的黑龍黨、超人集團、紅衫俱樂部、赤魔團、暗殺黨、黑手黨、血影掌，及暹羅鬥魚貝泰主持的犯罪組織等等，更曾和各國特務周旋、鬥法。

如果說衛斯理是世界上遇過最多奇事的人，那麼打擊犯罪集團次數最高的，即非東方三俠莫屬了。書中主角木蘭花是個兼具美貌與頭腦的現代奇女子，在柔道和空手道上有著極高的造詣，正義感十足，她的生活多采多姿，充滿了各類型的挑戰；她的最佳搭檔：堂妹穆秀珍，則是潛泳高手，亦好打抱不平，兩人一搭一唱，配合無間，一同冒險犯難；再加上英俊瀟灑，堪稱是神隊友的高翔，三人出生入死，破獲無數連各國警界都頭痛不已的大案。

若是以衛斯理打敗黑手黨及胡克黨就得到國際刑警的特殊證明文件的標準來看，木蘭花在國際刑警的地位，其實應該更高。

相較於《衛斯理傳奇》，《木蘭花傳奇》是入世的，在滾滾紅塵中演出令人目眩神搖的傳奇事蹟。衛斯理的日常儼然是跟外星人打交道，遊走於地球和外太空之間，事蹟總是跟外星人脫不了干係；木蘭花則是繞著全世界的黑幫罪犯跑，哪裡有犯罪者，哪裡就有她的身影！可說是地球上所有犯罪者的剋星！

而《木蘭花傳奇》中所啟用的各種道具，例如死光錶、隱形人等等，一如倪匡慣有的風格，皆是最先進的高科技產物，令讀者看得目不暇給，更不得不佩服倪匡驚人的想像力。

尤其，木蘭花等人的足跡遍及天下，包括南美利馬高原、喜馬拉雅山冰川、北極、海底古城、獵頭族居住的原始森林、神秘的達華拉宮及偏遠隱密的蠻荒地區等，讀者彷彿也隨著木蘭花去各處探險一般，緊張又刺激。

《衛斯理傳奇》與《木蘭花傳奇》兩系列由於歷年來深受讀者喜愛，書中主要角色逐漸由個人發展為「家族」型態，分枝關係的人物圖越顯豐富，好比《衛斯理傳奇》中的白素、溫寶裕、白老大、胡說等人，或是《木蘭花傳奇》中的「天使俠女」安妮和雲四風、雲五風等。倪匡曾經說過他塑造的十個最喜歡的小說人物，有三個在木蘭花系列中。白素和木蘭花更成為倪匡筆下最經典傳奇的兩位女主角。

在當年放眼皆是以男性為主流的奇情冒險故事中，倪匡的《木蘭花傳奇》可謂是開創了另一番令人耳目一新的寫作風貌，打破過去女性只能擔任花瓶角色的傳統窠臼，以及美女永遠是「波大無腦」的刻板印象，完美塑造了一個女版〇〇七的形象。猶如時下好萊塢電影「神力女超人」、「黑寡婦」等漫威女英雄般，女性不再是荏弱無助的男人附庸，反而更能以其細膩的觀察力及敏銳的第六感，來解決各種棘手的難題，也再一次印證了倪匡與眾不同的眼光與新潮先進的思想，實非常人所能及。

《女黑俠木蘭花傳奇》共有六十個精彩的冒險故事，也是倪匡作品中數量第二多的系列。每本內容皆是獨立的單元，但又前後互有呼應，為了讓讀者能更方便快速地欣賞，新策畫的《木蘭花傳奇》每本皆包含兩個故事，共三十本刊完。讀者必定能從書中感受到東方三俠的聰明機智與出神入化的神奇經歷，從而膾炙人口，成為讀者心目中華人世界無人能敵的女俠英雌。

三張面具

1 新式武器

國家歌劇院門前，車水馬龍，衣香鬢影，因為今晚是著名的義大利歌劇團來本市的第一晚演出，這是一場義演，是替本市貧童籌建一所完美學校而演出的。

由於是義演，是以所定的票價極高，但儘管票價高，還是早就滿座了。

劇院的大堂中，站著不少人，有的在欣賞劇照，有的在交談著，而當高翔和木蘭花兩人出現的時候，他們兩人那種特有的氣質，更是吸引了許多人的視線。

觀眾中有許多認識木蘭花的，但是他們從來也未曾見到木蘭花打扮得如此美麗過。

其實，木蘭花今晚打扮得絕不濃艷，她只不過是薄施脂粉而已，但是她天生麗質，再加上她今晚選擇的，是一件淺黃色的長裙，是以更襯得她嬌艷絕倫。

她挽著高翔向樓上走去時，有不少人跟在她的後面，一個看來還不到二十歲的少女，快步奔了上來，叫道：「木蘭花小姐，木蘭花小姐！」

木蘭花停了下來，那少女有點靦腆地笑著，道：「請你簽名。」接著，她便遞上一本印得十分精美的歌劇說明書。

「小姐，」木蘭花有禮貌地拒絕道：「你找錯對象了，你應該找今晚演出的演員去簽名才是，我又不是什麼名人。」

那少女露出失望的神色來。但木蘭花已轉過身，又向上走去了。

高翔回頭看了一眼，那少女仍然站著，他低聲道：「蘭花，你令得這位小姐失望了，其實，你替她簽個名，也可以的啊。」

木蘭花微笑道：「我不是喜歡出風頭的人。」

他們兩人向上走著，而那個少女仍跟在他們後面，當來到了進口處的時候，那少女的右手中指，突然搭在她左手中指上的一枚戒指上。

從那只戒指中，似乎有一陣薄霧噴出來，射向木蘭花的身後，但是既沒有聲響，也沒有痕跡，木蘭花和高翔都未曾察覺。

那少女在門口略停了一停，等木蘭花和高翔進去之後，她才走進去，當她來到自己的座位之前時，她卻並不立即坐下。

她向左望去，在左角最後排的座位上，坐著一個穿著黑色晚禮服，留著小鬍子的男人，那男人的手，握著一根手杖。

那少女舉起手中的說明書來，向那男人揚了一揚。

等到她看到那男人自上衣袋中，取出了一副眼鏡戴上之後，她就坐了下來。她的行動，根本沒有引起任何人的注意。

而坐在最後一行的那個男子，當他看到那少女向他揚手，他取出了眼鏡戴上之後，他就向左邊的特別廂座望去，他看到了高翔和木蘭花。

在他眼中的木蘭花，看來和別人眼中，大有不同，那時，木蘭花還未就座，他透過特別噴過化學液的眼鏡，可以看到木蘭花的背後，心臟部分，有著一團殷紅的顏色，那一團殷紅色，旁人是看不到的，但是他看來卻十分之奪目。

他距離木蘭花大約是三十碼，而在三十碼的距離內，對可以射中一枚雞蛋的他而言，要射中那一團紅色的目標，簡直是輕而易舉的一件事情，他又滿意地點了點頭。

現在，剩下來的問題，只是何時動手，以及動手之後如何離去了，但這並不是十分困難的事，這次任務將可以順利地完成了。

他靠在絲絨的椅背上，心中感到有一股莫名的快意。

殺人是他的任務，而他也可以稱得上是全世界最好的暗殺手，要不然，在具有世界規模的「ＫＩＤ」暗殺黨之中，他怎會編號第一呢？

他是第一號，如果他能夠殺了木蘭花的話，那麼他不但是第一號，而且，他還可以參加「ＫＩＤ」的決策小組，成為決策小組的一員了。

「ＫＩＤ」的決策小組，是組織的核心，那和一個殺手——即使是第一號的殺手的地位，也是大不相同的了，他感到十分得意。

木蘭花坐下來，她背上的那團紅色就看不到了，但是木蘭花略一欠身，那團紅色就赫然在他的眼前，但如今還不是下手的時候，他大可以欣賞兩幕歌劇，到中場休息的時候下手。

對了，那就是他決定下手的時候，在下手之後，他可以十分容易地脫身，因為劇院的太平門就在他座位的旁邊。

等到劇院中坐滿了人後不久，音樂便開始了，隨著音樂聲，劇院中的燈光黑了下來，絨幕緩緩地升起，歌劇演出開始了。

足足一個半小時之久，每一個人都被優美的歌劇吸引著，中場休息之前一分鐘所演出的，是全劇的第一個高潮，是以當幕緩緩地落下之際，掌聲如雷。

木蘭花也和別的觀眾一樣，熱烈地鼓著掌，她的身子向前微微傾著，等待著絨幕完全降下，燈光復明之後站起來。

就在這時候，後排的那個中年人，揚起他一直握在手中的那柄手杖，他的手指在杖頂的一個掣上輕輕一按，一個圓形的網圈便彈了起來。

那指般大小的圓形網圈中，有極細的金屬絲，交岔成一個「十」字，當他將手杖移過眼前之際，那一個「十」字的中心，正對準了木蘭花背後的那一團紅色，他的左手握著手杖的前半截，右手握著後半截，他右手發力，向前連推了三下。

每一下推動，都發出「卡」地一聲響來。

但是那三下輕微的聲響，連他自己也聽不到，全被掌聲掩了下去，他立即放下手杖來，他看到木蘭花向旁倒去，倒在高翔的身上。

他站了起來，燈光也在這時復明，他鎮定地向外走去。

中場休息，是供人休息的時候活動一下的，是以他向門外走去，絕沒有人阻攔，他出了門，離開了歌劇院，轉過了一條街。

一輛黑色的華貴房車正等看他，他上了車，車子便疾馳而去。車子是駛向機場的，他在車中，閉著眼睛，手中仍握著那根「手杖」。

在一間燈光十分暗，四面牆上全都拉著黑色絲絨簾幕的會議室中間，放著一張長方形的會議桌，在桌旁，坐著四個人。

可是這四個人中，可以看到他們面目的，卻只有一個人。其餘三個人的面前，都有一塊半圓形的銅板遮著，在銅板上，鑲有一塊發著暗紅色光芒的玻璃。

那半圓形的鋼板，看來頗有點像焊接工人所用的護目板，但是卻要大得多，大到將那三人的上半身完全遮住，一點也看不到。

那三個人，一個坐在桌子的一端，另兩個，則緊靠著他，坐在他的旁邊，而第四個人，則坐在桌子的另一端，那人的面前，並沒有鋼板。

那第四個人，就是「ＫＩＤ」中的第一號殺手。

第一號殺手來到這間會議室中之後，他的心就一直在劇烈地跳動著，因為這是決策小組特准的人，才有資格進來的地方。而他，就快成為決策小組的一員了。以後，若是暗殺黨中有什麼重要的人物蒙決策小組召見，那麼，他將會看到，決策小組的組成人員是四個，而不是三個。

會議室中十分沉靜，沒有人出聲，只是一架無線電通訊儀，在發出輕微的「嗡嗡」聲，過了兩分鐘之久，才聽得那通話儀中，傳出了一個女子的聲音，道：「我們仍未接到有關女黑俠木蘭花遇刺身亡的報告，義演的歌劇也未曾中場輟演。」

坐在中間的那個人，發出陰沉的聲音道：「繼續留意，隨時報告。」

他一伸手，按下了通話儀的掣，又道：「第一號殺手，你確信你已成功了麼？」

第一號殺手顯得十分激動，他站了起來，揮著手大聲道：「成功了，毫無疑問，我一定是成功的，我設計的冰彈，一連三發全射中了她的後心。」

「你設計的冰彈可靠麼？」

「絕對可靠，三枚冰彈，足可射殺一頭犀牛，那種冰彈是一氧化碳經過強大的壓力，壓縮成為固體而製成的，發出之後因溫度的變化而氣化，在射進人體之前，實際上已成為氣體，但由於高速，一樣可以進入體內的，進入體內之後，就將人體血液中的氧奪走，使得中彈的人在三秒中之內死亡，而全無傷痕，除了『心臟病猝發而死』之外，根本不可能發現第二個死因！」

第一號殺手越講越是激動，他創造的一氧化碳乾冰彈，是暗殺的天才創造，如何會失手！那是絕不可能的，木蘭花一定死了！

他講完之後，仍然站著。

那坐在主席位置上的人又按下了通話儀的掣，道：「請注意，通知調查木蘭花死訊的情報人員，不只注意她是不是已經死亡，而要注意她是否是被刺死的。」

他提高了聲音，道：「第一號殺手，你回到你自己的住所去，等候決策小組的通知。」

「那是不公平的，」第一號殺手叫了起來，「她死了！」

「我們相信你，但是我們更相信情報組方面的報告。第一號殺手，我們組織的規則，我想你是明白的。」那人的聲音已顯得十分不愉快了。

他的話講完之後，第一號殺手無可奈何地站了起來，轉過身，向門外走去，當他來到門口的時候，他停了停，又道：「木蘭花一定死了！」

「如果她死了，我們一定可以接到報告的。」

「我已經作了報告，難道你們不信？」

「可以這麼說，本黨的第一原則是：從來不相信任何一個人！你若是對本黨的原則有懷疑的話，那麼，你就是自找麻煩了！」

第一號殺手的面色，在那剎間變得難看之極，他拉開門，走了出去。

他才一走出去，就有兩個人跟在他的左右，尾隨著他走過了一條長長的走廊，來到一扇門前，那扇門上，全是黑白相間的方格子，像是最新的時裝布料的花樣一樣。

那兩個人踏前一步，來到了門前，開始用手指熟練地去按動那些黑白的方格子，他們的手指，一觸到門就離了開來，而他們的手法又是如此之熟練，動作快得使人有眼花撩亂之感。

第一號殺手知道，這扇門，是世界上獨一無二的電子門，這扇門上的每一個格子後面，都有著極其敏感的電子感應器。

而要開啟這扇門，必須要兩個人同時下手，正確無誤地按照次序，去刺激百二十個電子感應器，門才會自動地打開來。

而如果在刺激電子感應器的時候，次序稍有顛倒，或者是兩人的手法稍有快慢，那麼另一組電子感應器，就會自動地發動一架高壓電發射儀，使得在門前五呎的人如被雷殛一樣，在極短的時間之內死去。

這扇電子門除了如今在按著門上方格的這兩個人外，可以說沒有別的人可以將之打開的了，這兩個人，是同卵孿生子。

世界上同卵孿生子不少，這一類孿生子很特異，因為他們的思想幾乎是一樣的，他們雖然遠隔千里，但是動作和思想仍然有相當程度的聯繫。

而如果他們是在一起的話，那麼他們兩個人之間的動作配合無間，簡直就像是一個人一樣，不如此，也難以擔此重任。

而這兩兄弟更難得的一點是，他們可以說是半白癡，除了用熟練的手法開啟這扇電子門之外，他們還練有造詣極高的空手道。但是，除此之外，他們就什麼也不知道了。

他們只知服從決策小組三人的命令，也只有他們可以看到決策小組三人的真面目，第一號殺手在等著他們開門之際，心頭仍是十分氣惱，因為決策小組竟不相信他的報告！

足足等了一分鐘之久，電子門才向兩旁移了開來。

第一號殺手跨出了門，走了兩步，身後的電子門已然關上，又有兩個人向他走來，陪著他到了一架升降機的面前，並在他的眼上套上眼罩。

第一號殺手的眼前，立時一片漆黑，他被那兩人帶著，走進了升降機，升降機向下降著，等到他被帶著走出升降機之後，他感覺帶他的已換了兩個人。

然後，他被帶著走了數十級石階，上了一輛車子，駛了二十分鐘，又被帶著走了一段崎嶇不平的路，又上了車子。

等到他的眼罩終於除下來的時候，他是在公路邊。

他自己的車子旁邊，那帶他來的兩個人向他揮了揮手，道：「祝你好運。」

第一號殺手苦笑了一下，並沒有回答。因為在如今這樣的情形下，他兩人的話，聽來實在是像在諷刺。

他進了自己的車廂，駕著車，在筆直的公路上，將車子駛得極快。

而他的腦中，也在迅速地思索著。

他所創製的一氧化碳冰彈，應該是毫無疑問地已奪去了木蘭花的生命了，何以情報組方面竟得不到確切的消息呢？

對了，那一定是高翔考慮到公布了木蘭花的死訊，會引起國際罪犯的大肆活動之故，所以才將木蘭花的死訊嚴密地封鎖了起來。

如果暗殺黨的情報組工作人員，一天得不到木蘭花已死的確實訊息，那麼，決策小組對自己的承諾，當然也不會有實行的一天。

而且，時間拖延下去，可能對自己還十分不利，因為決策小組可能懷疑自己是不是真的已對木蘭花下了手，如果招致了決策小組的懷疑……

第一號殺手想到這裡，用力地踏下了緊急剎車。車子發出一下尖銳的聲音，停了下來。

他雙手緊緊地握著駕駛盤，自言自語地道：「不行，我要自己去作調查，將木蘭花已死的確鑿證據，交到決策小組的面前！」

汽車迅速地掉轉頭，三十分鐘之後，第一號殺手的汽車停在一個龐大的國際機場之前，而他也踏上了一架飛往東方的巨型客機。

義大利歌劇團在本市上演，已然是第四晚了，盛況空前，使得本市愛好歌劇的人大嘆眼福、耳福不淺，一些高水準的報紙上，發表著許多評論義大利歌劇團演出的長文。

第一號殺手下了飛機之後，在機場中買了一份報紙，拄著他的「手杖」，在機場的椅子上坐了下來，看著這些文章。

他在買報紙之前，已打了一個電話，到一家報館中去查問，在義大利歌劇團第一晚上演的時候，可曾發生過什麼意外。

但是他得到的回答，卻是「沒有任何意外」。

他看了一會兒報，才站起來，緩緩地向外走去，當他來到機場外面的時候，他忽然想到：一氧化碳冰彈會不會失效呢？

他停了下來，望著在他二十碼之外的一隻巨型狼狗。

然後，他揚起手杖來，瞄準，發射。

在極其輕微的「啪」地一聲過後，那頭狼狗的身子陡地一震，開始的一秒鐘，牠還站著，但隨即，那頭狼狗倒了下來。

第一號殺手轉過身，向外走去，穿過了一條寬闊的馬路之後，他來到一輛汽車之旁，那輛汽車當然不是屬於他的。但是，第一號殺手卻用熟練的手法將車門打開，並且立即將車子駛走。

車子穿過市區，進入了一條十分優美的郊區公路。

在夕陽西下，滿天晚霞的時候，車子在離公路不遠處的一幢小洋房面前停了下來。那是木蘭花姐妹的住宅，幾乎是舉世聞名的地方。

第一號殺手停下車子之後，打開了車門，跨下車來。

他是不怕有人認出他的真面目來，因為他在行凶之時，從來也不給人注意，而且，他也絕不會在行凶後的現場多逗留一分鐘的，所以，可以說沒有人認得他。

而在表面上看來，他也絕不像是一個殺手，他像是一個行動略有不便的中年紳士而已。

他拄著手杖，來到了花園的鐵門前。

他略為猶豫了一下，便伸手按鈴，他可以聽到鈴聲響起，接著，便是一個少女揚聲叫道：「找誰啊！」

隨著那一下發問，一個少女走了出來。

她是一個健美，短髮，一看便給人以十分爽朗感覺的少女，第一號殺手在奉命暗殺木蘭花之前，曾對木蘭花的一切作過詳細的研究。

他當然知道，那是穆秀珍。

但是一直等到穆秀珍來到了他的面前之後，他才道：「請問，你就是木蘭花小姐麼？我……我有一點事情要找你商量。」

穆秀珍顯得有點不開心，一甩頭道：「我不是。」

第一號殺手又問道：「那麼，我能不能見木蘭花？」

「當然可以，但是蘭花姐現在不在家。」

「她——」第一號殺手幾乎是驚叫出來的，他本來是想脫口說出「她難道沒有死」來的，但是只叫出了一個字，他便突然住了口。

因為他知道如果這樣一叫，那麼他的身分便必定暴露了。是以他在略停了一停之後，便改口道：「她——她到什麼地方去了？」

第一號殺手是一個鎮定老到的犯罪分子。他掩飾得十分好，好像他是因為聽到了木蘭花不在，是以才發出驚訝的叫聲來的。

穆秀珍攤了攤手，道：「誰知道她去了哪裡？但是她曾說，在九時之前必然回來，如果你願意等她，那麼，請進來。」

「我願意，願意等她！」第一號殺手忙說。

「那麼請進來。」穆秀珍打開了鐵門。

第一號殺手的心中，充滿了疑惑，木蘭花真的沒有死麼？那怎麼可能？三枚一氧化碳冰彈正確無誤地射中了她的後心，她怎能不死？

但如果木蘭花真的死了，何以穆秀珍會說她在九時以前必然回來呢？那究竟是怎麼一回事？

他在走進鐵門的時候，翻手看了看手錶，時間是七時欠三分。

穆秀珍在前走著，他在後跟著，到了客廳中，穆秀珍淡然地道：「請坐，我還有點事，不能陪你了，請你注意，你最好只是坐著，或者走動一下，至於客廳中的任何東西，你最好不要去碰它，這對你是有好處的，我想你明白了？」

「我明白，你請便好了。」

穆秀珍在第一號殺手在一張沙發上坐了下來之後，轉身上了樓，進了工作室，她立即按下一具電視機的一個掣。

那具小型電視機的螢光幕上，現出了客廳中的情形來，第一號殺手正坐在那張沙發上，而穆秀珍也注視著電視機。同時，她輕輕地拿起電話，撥了號碼。

等到電話的那邊有人接聽之後，她低聲道：「是高翔麼？有一個人來找蘭花姐了，他看來是一個中年紳士，拄著手杖，行動略見不便。」

高翔的聲音傳過來道：「他現在在做什麼？」

「沒有做什麼，只是坐著。」

「那份歌劇院的說明書是不是放在角几上？」

「是的，就在他的左手邊。」

「那麼你留心看著他，看他在注意到了這份說明書之後的反應，我立時前來，在我到達後門之時，我會用無線電對講機與你聯絡的。」

穆秀珍放下了電話，剛才，她雖然在打電話，但是她的視線，卻絲毫沒有離開電視的螢光幕過，她看到那人正襟危坐著。

過了好久，她才看到那人轉了轉頭。

第一號殺手的確是在呆坐了近十分鐘之後，才轉動頭部的，而當他的頭一轉動間，他立時自然而然地看到了放在沙發旁邊茶几上的一疊畫報，和在畫報最上面的那兩份說明書，他陡地一震，他自然認得出，那是義演之夜的說明書。

他的心中立時急速地轉起念頭來，如果木蘭花在那一晚上出了事的話，那麼，她一定是被高翔送到醫院中去的。

而高翔在那樣的情形下，一定也不會鎮定得將兩份說明書帶走的，退一萬步而言，就算帶走了，這兩份說明書也不會再在木蘭花家中出現的！

而如今，這兩份說明書在木蘭花的家中出現，這說明了什麼呢？這說明了木蘭花根本沒有遭遇到什麼意外，一切如常！

這是什麼原因？為什麼會這樣？

第一號殺手想不出所以然來，他只感到莫名的恥辱，自從加入了「ＫＩＤ」暗殺黨以來，他沒有失過一次手，這次自然也非成功不可！

如果木蘭花沒有死在劇院中，那麼，她今天就應該死在她的家中，第一號殺手下意識地揚了揚「手杖」，然後，又拿起那兩份說明書來。

這時，他臉上的神情，是複雜得難以形容的。

這一切，已然全看在穆秀珍的眼中。

而且，穆秀珍也特別注意他手中的那根「手杖」，那手杖看來並沒有什麼異樣之處，但穆秀珍在他揚起手杖的時候，卻彷彿看到手杖的杖尖是空心的。

那像是一柄長槍的槍膛！

所以，當無線電對講機中傳來了高翔的聲音之後，穆秀珍便將自己看到的一切，都告訴了高翔，高翔道：「我將由正門走進來。」

「好的，你按鈴，我來開門。」

2 犧牲品

一分鐘之後，門鈴響了，穆秀珍奔下了樓梯，打開鐵門，第一號殺手也站了起來，道：「可是木蘭花小姐回來了？」

穆秀珍冷然道：「不是，這位高先生，是我的朋友。」

高翔向第一號殺手望了一眼，他第一個印象便是：這個人是見過的，在歌劇院中，好像曾經看到過這樣的一個人。

但是，那畢竟是十分模糊的印象了，於是，他又低下頭，向那根手杖望了一眼。

他裝出不在乎的神氣，道：「這位先生貴姓，找蘭花有什麼事情？如果可以先對我講的話，不妨先說一說，我是警方的工作人員。」

高翔一面說，一面將一張名片遞了過去。

第一號殺手連忙伸手將名片接過來，仔細地看著，那名片上印著「特別工作組主任高翔」等幾字。可是，在第一號殺手的眼中，這幾個字，忽然變得模糊，跳動了起來。

第一號殺手幾乎立即覺得在那張名片上，有一股極淡的異樣氣味，直衝入鼻端之中，他一揚手，將那張名片向外拋去。

但是在他拋出名片的同時，他的身子也向下倒了下去，他恰好倒在那張沙發上，他張大了眼，但立時，他的眼皮向下垂去。

穆秀珍已在那時，一伸手，將那根手杖取了過來。

「小心，」高翔迅速地在第一號殺手的身上搜索著，一面警告穆秀珍，道：「這可能是一件極其厲害的武器，小心些好。」

高翔將所有自第一號殺手身上搜出來的東西，一起放在咖啡几上，這時，穆秀珍也已大聲叫了出來，道：「高翔，這是一柄槍！」

穆秀珍雙手握住了手杖，兩手向相反的方向用力，手杖縮短了一吋許，「啪」地一聲響，似乎有子彈從杖尖射了出來。

可是，子彈射出來之後，便什麼也看不見了，只不過在對面的牆上留下了一個痕跡，穆秀珍呆了一呆，道：「這……是怎麼一回事？」

高翔連忙來到牆邊，伸手在那個痕跡上摸了一下，他的手指像是摸到了一塊冰一樣，冷得他的身子震動一下。

「就是他！」高翔立時叫了出來。

「你怎可以肯定？」

「在歌劇院中，出事之後，中彈的地方，也是一片冰冷，甚至出現了水花，這人所使用的，一定是一種十分異樣的新型武器。」高翔退了回來，用手銬將第一號殺手的手和沙發的扶手銬在一起。

穆秀珍「哼」地一聲，道：「這傢伙好大的膽子！」

高翔笑了起來，道：「不是他的膽子大，而正是如同木蘭花所說的那樣，他是非來不可的。木蘭花說他非來不可，他果然來了！」

木蘭花的確曾講過，想暗殺她的凶手，一定會找上門來，為了要查知她的死是否已是事實，暗殺者實是非來不可的！

木蘭花之所以斷定這一點，是由於極度的幸運，也可以說，那是由於第一號殺手的一項極度的疏忽。

第一號殺手是第一次來到本市的，他自然不知道本市的歌劇院兩個廂座，是專招待貴賓的，有時，別國的國家元首來到，也是在廂座中欣賞精彩的演出的。

是以，廂座的保安措施十分完善。在廂座的座位之後，有著一堵由防彈玻璃製成的「牆」，那一堵牆，可以隔絕任何來自背後的襲擊，而第一號殺手卻不知道這一點。

第一號殺手被派到本市來消滅木蘭花，他到了本市之後的第三天，就在「KID」駐本市的情報人員處，得知木蘭花要去欣賞歌劇。

是以他毫不猶豫地選擇了歌劇院作為他下手的地點，他只要求情報組的人員，在木蘭花的背上留下一個記號，好供他在黑暗中也能下手之用。

其餘的一切，全是他自己計劃好的，他的計劃不能說不周詳，但是他卻不知道廂座的後面，是有著防彈玻璃的。

一則是由於歌劇院中的光線集中在前方，不易覺察到十分潔淨的玻璃；二則，第一號殺手一直是戴著那副可以使他看到化學噴劑痕跡的眼鏡，是以他更難以覺察到防彈玻璃的折光，他更不知道他所進行的，是一件完全沒有成功希望的計劃。

他連發了三槍，三粒一氧化碳冰彈射了出來，一起射在防彈玻璃上。

事實上，冰彈在離開了有著特殊高壓的槍膛之後，便化為一股急驟前進的氣體，正因為是一股氣體，是以若是射中了人，是沒有傷痕的，而射在防彈玻璃上所發出的聲音，當然也是十分輕微的。

這種輕微的聲音，對別人來說，可能根本不加注意！但是，對木蘭花而言，她敏銳的感覺卻使她立即知道，那是有了什麼變化了，而她也立即詫異那聲音是如此之輕微。

她立時向高翔的身上靠去，同時立即轉過頭。

當她轉過頭去的時候，她看到一個拄著手杖的中年人，順利地從太平門中走出去。

木蘭花本來是想立時去追他的。但是就在那一剎之間，她卻看不清太平門了，她背後的防彈玻璃上，居然出現了一層冰花，她伸手一摸，玻璃冷得驚人。

高翔這時也覺得有些不對頭了，他望著那片冰花，怔了一怔，但木蘭花立即低聲道：「別出聲，當作什麼事也沒有發生過一樣。」

「那麼，究竟發生了什麼？」

「有人想殺我，或者是你？」

高翔又是一呆，道：「用什麼來殺我們？這玻璃上的冰花，又是怎麼一回事？」

木蘭花不等他再說什麼，便挽著他的手向外走去，在大廳的沙發上坐了下來，才道：「那可能是一種新式武器，凶手一定是外來的，因為他竟不知道這廂座的後面有著防彈玻璃。從玻璃上出現的冰花看來，那可能是一種被壓縮為固體的氣體。最可能的是一氧化碳，不論怎樣，我們很快就可以和凶手見面的。」

高翔更是愕然，道：「憑什麼？」

「凶手來自外埠，九成是『ＫＩＤ』中的人，因為我曾使他們在東京的支部被破壞，被派來暗殺我的凶手，當然是第一流的，他也以為自己已經成功了，所以立時離去，但如果『ＫＩＤ』方面得不到我確切死訊的話，凶手便會來親查我的生死了！」

高翔忙道：「這樣未免冒險了一點罷，我們何不立即設法去截住凶手呢？他既然是外地來的，當然在完事之後，會立即離去的。」

「我們不知道凶手的形貌，如何下手？」

高翔搔搔頭道：「我先回警局去布置一下。」

「別煞風景了，」木蘭花笑了起來，「下半場歌劇更精彩，怎可放棄！我們該入座了，連開場前的音樂都不錯過，這是我觀歌劇的習慣。」

高翔沒有再反對，木蘭花挽著高翔，又進了劇場，那塊玻璃上的冰花已然溶解了，只有幾點水珠，顯然是誰也未曾注意。

木蘭花興致不減地看完了歌劇，但高翔卻顯得十分不安，在回家途中，木蘭花再度強調，只要得不到她確切的信息，凶手一定會來的，是以高翔也不再說什麼。

當晚，木蘭花便離開本市，她不要人家知道她已死，也不要人家知道她確然還活著。

一天一天地過去，高翔和穆秀珍兩人對於木蘭花的斷定，懷疑性也一天天地增加，可是這時，他們卻不懷疑了。

穆秀珍已拿起電話，通知電話公司，接通了木蘭花所在地的長途電話，等到那邊有人接聽，穆秀珍興奮地道：「蘭花姐，他來了！」

「是麼？」木蘭花全然不覺得意外，是以她的聲音也很平淡，「他是用什麼方式來的？你們別對他露出絲毫的敵意來。」

穆秀珍呆了一呆，道：「蘭花姐，他是一個十分危險的暗殺者，怎可以不對他有敵意？他已昏了過去，而高翔也已將他銬上手銬了！」

「唉，」木蘭花嘆了一聲，「那也沒有辦法了，但是在他醒來之後，你們也別再將他怎樣，一切等我回來了，再作處理。」

穆秀珍本來是期待得到木蘭花的讚美的，可是她卻聽出木蘭花在電話中似乎還怪她做得不對似的，她嘟著嘴，放下了電話。

「蘭花怎麼說？」高翔問。

「都是你！」秀珍瞪了高翔一眼，「蘭花姐說，我們不可對他有敵意，可是，你卻將他弄昏了過去，而且還替他上了手銬！」

「不可對他有敵意？」高翔叫了起來，「你可是聽錯了？蘭花會說不可對他有敵意？」

穆秀珍翻了翻眼睛，一聲不出地坐了下來。

高翔團團踱了幾個圈，又拿起那柄手杖槍來端詳了一下道：「秀珍，要不要請雲四風來，他是機械專家，可以告訴我們這槍的構造和特殊作用的。」

一提到雲四風，穆秀珍的芳心便撩亂了起來，她一扭身子，道：「叫不叫他，關我什麼事，你又何必來問我，奇怪！」

高翔笑了一下，本來想更打趣穆秀珍幾句的，可是他也看出了穆秀珍的心情十分亂，只怕一打趣反倒使她生氣，是以不再出聲。

高翔知道，木蘭花在一小時左右就可以趕回來，而凶手沒有一小時，只怕也難以醒得轉，是以他打了一個電話給雲四風。

雲四風答應立即趕來，高翔開始仔細檢查在那人身上搜出來的東西，都是一些十分普通的物事，是屬於一個叫「霍普遜」的地產商人的。

如果不是那支「手杖」的話，這個人的身上，絕無一點可以證明他是不法之徒的地方，當然只有第一流的犯罪組織才能夠為屬下人員作這樣的安排的。

十分鐘之後，雲四風到了，他的摩托車聲音，老遠就可以聽到，高翔可以肯定，路上一定有兩個以上的警員曾想追截他而不獲的。

雲四風一到，便先將一束黃色的鬱金香送給穆秀珍。這幾乎是他每一次見到穆秀珍所必然奉上的禮物。

穆秀珍覺得十分奇怪，何以不論何時，他都可以得到這種珍貴的花卉。因為黃色的鬱金香，即使在鬱金香之國的荷蘭，也是十分珍貴的。

而這個秘密，穆秀珍也未曾問過雲四風。雲四風也沒有講給穆秀珍聽過，這黃色的鬱金香，是雲五風的傑作，雲家五兄弟，各有才能，靦腆內向，見了穆秀珍就臉紅的雲五風，卻是園藝方面的天才，他培養出來的新種蘭花，得過三次國際獎。

在雲五風的花圃中，有一畦專為穆秀珍種的鬱金香，全是黃色的，那是雲四風的吩咐，精心培植的。

穆秀珍接過了那一束鬱金香，手指輕輕地撫著花瓣，好一會，才低聲道：「謝謝你。」她一直垂著頭，並不望向雲四風。

雲四風道：「不算什麼，那是你喜歡的。」

穆秀珍道：「高翔找你有事。」她仍然是不望向他。

雲四風顯得有些無可奈何地轉過身去。

高翔一揚手，將那根「手杖」拋到了雲四風的手中。雲四風連忙坐了下來，仔細地檢查著，然後取出了他隨身所帶的各種工具。

十分鐘後，那「手杖」已被拆開，成為好幾百件零件。

雲四風抬起頭來，讚道：「太精巧了，利用超小型但卻具有高壓的水銀電池，造成極大的壓力，使得這柄槍看來雖小，但事實上，它的性能幾乎抵得上四吋口徑的大炮！」

「它射出的是什麼子彈？」

「一氧化碳乾冰彈，事實上，在槍膛之中時，由於壓力的改變，冰彈已變成了一股速度極高的氣體，我相信這是極有效的殺人武器。」

「這個人，」高翔向第一號殺手指了指，「就用這有效的殺人武器，對準了木蘭花的後心，接連發射了三槍之多！」

雲四風大吃一驚，道：「別開玩笑！」

突然，門外傳來了木蘭花的聲音，道：「一點也不開玩笑，但是他的運氣不夠好，他不知道我身後有著一塊防彈玻璃！」

「蘭花，你來了，這傢伙還沒有醒來！」高翔忙迎了上去。

木蘭花逕自來到桌前，向桌上的零件望了一眼，拿起幾件看了看。

她和雲四風一樣地讚道：「多麼精巧的設計，雲先生，這可是高壓的水銀電池，它們怎能被製得如此之精巧？設計人一定是天才。」

穆秀珍一扁嘴，道：「那位天才就昏倒在沙發上。」

木蘭花笑了一笑，道：「高翔，將手銬打開，我們有四個人，還要用手銬銬住他，那也未免太小看自己了，是不是？」

高翔依命打開了手銬，木蘭花來回踱著，看她皺起雙眉的樣子，一定是在思考著。

過了好一會兒，穆秀珍實在忍不住了，道：「蘭花姐，你在電話中說，我們應對這傢伙保持客氣，那是為了什麼？」

「唉，我本來的計劃是，我們只當不知道，我也不露面，讓他不得要領，那麼他只有兩個辦法，一是和本市的暗殺黨人員聯絡，要不就是回總部去，我們都可以設法跟蹤他的。」木蘭花略頓了一頓，續道：「如今當然是不行了。」

高翔和穆秀珍經過了木蘭花的解釋之後，他們的心中多少有點後悔自己的魯莽，高翔忙道：「等他醒了之後，不怕他不說出來。」

木蘭花笑了一下，道：「他醒了之後，你們都別開口，這幾天，我盡一切可能在搜集著『ＫＩＤ』組織的資料，我知道的並不多，但我一開口，已足以——」

木蘭花剛講到這裡，第一號殺手便發出了一下呻吟聲來。

木蘭花立時住口，第一號殺手的呻吟聲漸漸加劇，終於變成了一種十分痛苦的聲音，他的手也無目的地在揮動著。

木蘭花向高翔望了一眼，高翔斟了一杯白蘭地，將杯子交到了他的手中，他的手抖著，好不容易將杯子湊到了口邊，吞下了一大口酒。

他的神經漸漸地鎮定了，他抬起頭來，猛地看到了就在他面前的木蘭花，他手一震，手中的酒杯便跌到了地毯之上。

杯子雖沒有打碎，但是杯中的酒卻全倒瀉下來了。

他伸手指著木蘭花，木蘭花微笑了一下道：「別緊張，先生，你沒有什麼值得緊張的，因為你在我們面前，幾乎已沒有秘密了。」

第一號殺手陡地站了起來。

但是他剛一站起，便又頹然坐了下來。

他立即坐下的原因，一大半是因為他在站起的時候，他看到了他精心製作的高壓槍，已被拆成了數百件零件的緣故。

木蘭花笑了起來，道：「但是KID中的第一號殺手，我們該怎麼稱呼你？當然，稱呼你作溫先生（Mr. One），應該是合適的了。」

溫先生苦笑了一下，他看來像是一下子老了許多，但是他那種第一流殺手在逆境時所能有的鎮定，卻依然還保留著。

他咳嗽了幾聲，然後才道：「酒很好，我可再要一杯麼？」他一面說，一面俯身下去，去拾跌在地毯上的那只酒杯。

他的動作，看來十分僵硬，他的手也不斷在發顫。

然而，就在他一俯身間，他右手在左袖的袖底鈕上一拉，拉下了一粒鈕扣來，向上一拋，他人也打橫疾穿了出去，動作變得迅疾無比！

那粒鈕扣才一拋起，木蘭花順手拿起几上的煙灰缸，便向那拉鈕扣撞了過去，「啪」地一聲響，鈕扣被撞出了七八呎，還未曾落地，便發出了一聲巨響，炸了開來，將一架在遠處的鋼琴炸得「嗡」地一陣響，琴蓋和琴身上都炸出了一個大洞，爆炸力雖不猛烈，但傷人也足足有餘了。

而溫先生這時，也已竄到了窗子前，但是他根本沒有機會從窗中跳出去，因為穆秀珍早著地滾倒，抓住了他的右足。

穆秀珍不但抓住了他的右足，而且，雙手猛地一抖，將溫先生的身子向上直拋了起來，重重地跌在一張長沙發之上。

「小心些，」高翔大聲叫道：「他身上還有炸彈。」

「你大可放心，」木蘭花立即回答：「他身上的炸彈是拉下來之後計時爆炸的，平時不論怎樣撞擊，也不會爆炸的，溫先生，是不是？」

溫先生坐直了身子，小型炸彈爆炸後的濃煙已漸漸散去，他向那架被炸壞了的鋼琴望了一眼，臉上現出苦笑的神色來。

木蘭花微笑著，道：「溫先生，你如果要走，我一定立即放你走，你以為我會留難你麼？絕不會的，你不必拋炸彈的，請！」

木蘭花伸手開門，請他離去。

溫先生站了起來，但是又坐下，道：「你以為我會上當麼？若是你肯讓我走，剛才為什麼又將我從窗前捧了回來？」

「那是你自己不好，誰叫你拋炸彈的？如果你大大方方地站起身來，說：對不起，我要走了，那是絕不會有人阻攔你的。」

溫先生望了木蘭花足有一分鐘之久，才又站了起來，道：「對不起，我要走了，我可以取回屬於我的東西麼，嗯？」

他向桌上的那一堆零件指了指。

「當然可以，請便！」

溫先生走到桌旁，他以極其熟練的動作，將零件一件一件地裝拼了起來，大約十五分鐘，手杖槍又回復了原來的形狀。

而在這十五分鐘時間之內，沒有一個人講過一句話。

本來，心急的穆秀珍，要她十五分鐘之久不講話是相當難的，但是木蘭花幾乎每隔兩分鐘便向她作一個手勢，示意她千萬不可出聲。

當手杖槍回復了原形之後，溫先生立即轉過身來。

木蘭花仍然向他微笑著，道：「只管請。」

溫先生的臉上閃過了一絲不信任的神色，但是他立即向外走去，他走出了大廳，走在花園中，在將走到鐵門的時候，他的腳步十分快。

而當他拉開了鐵門後，他簡直是在奔著。木蘭花等四人都可以看到，溫先生奔上了車之後，以極快的速度駛著車子走了。

雲四風笑道：「蘭花，你派人在外面跟蹤他了，是不是？」

木蘭花搖了搖頭，道：「沒有。」

三人呆了一呆，高翔又笑了起來，道：「蘭花，你下手真快，你是什麼時候在他的身上，放下了無線電示蹤儀器的？」

木蘭花又搖了搖頭，道：「我也沒有放下什麼儀器。」

穆秀珍叫了起來，道：「可是，你卻放他走了，蘭花姐，他這一走，你是再也找他不到的，你可知他到什麼地方去了？」

木蘭花再搖頭，道：「我不知道他去何處，秀珍，你說得對，我們是再也找他不到的，因為我們根本沒有跟蹤他的線索。」

高翔、雲四風和穆秀珍三人，目瞪口呆！

木蘭花笑道：「我們找不到他不要緊，因為我們根本不必去找他，不用多久，他自己就一定又會回到我這裡來的了！」

三人鬆了一口氣，可是他們又異口同聲問道：「為什麼？」

木蘭花坐了下來，道：「因為他是一個殺手，是一個以暗殺為職業的人，這種人可以說是世上最疑心別人行動的一種人了。」

穆秀珍心急地接口道：「所以，你聽憑他離去，他一定會想：木蘭花為什麼會放我離去的呢？是不是？可是那也不一定會使他回來的啊。」

「會的，」木蘭花肯定地說：「他既然可以自由離去，那麼再回來，一定仍可以離去，不會損失什麼，但是他卻以為多少可以探聽到我肯放他離去的理由，等他回來之後，他就會落入我的圈套之中，而對我所講的話深信不疑了。」

三人吁了一口氣，木蘭花道：「我們不妨聽一些輕鬆的音樂。」她走向唱機，選了一張唱片，美妙的音樂和歌聲便傳了出來。

那一首「五百哩」剛唱到尾聲，汽車的剎車聲也同時傳到了，高翔看了看手錶，溫先生只不過離去了五分鐘而已！

木蘭花微笑著，道：「如何？」

高翔等三人，都佩服地點了點頭。

溫先生已站在鐵門前了，門並沒有鎖，他推門而入，走了進來，雲四風打開了客廳的門在等著他，溫先生走進來，尷尬地笑了笑。

「溫先生，可是忘記帶什麼了？」

「不，我是……我是……」溫先生遲疑了一下才道：「我是想問你，為什麼對曾想殺你的人，竟一點也不在乎他的離去。」

木蘭花轉過身去，道：「想殺我的人很多，難道我都要在乎他們？溫先生，如果你不想阻礙我們橋牌局的話，那麼請你快快離去！」

溫先生非但不離去，反倒向前直衝了幾步，道：「不行，你一定得告訴我，為什麼？為什麼你肯就這樣讓我離去，告訴我！」

木蘭花冷笑著，走向唱機，取下了唱片，道：「你以為是為了什麼？你不妨先告訴我，讓我看你猜得是不是對。」

溫先生呆了一呆。

木蘭花笑了起來，道：「你一定猜不到的，你殺不成我，你想想，你將會得到些什麼？我還用來對付你麼？」

溫先生「嘶」地吸了一口氣，面色轉青，失聲道：「是自己人！」

木蘭花冷然道：「你說得不明確，應該是決策小組！」

溫先生面色更難看了，他向後退了一步，喃喃地道：「決策小組，決策小組，那三個王八蛋，他們準備怎樣對付我？」

木蘭花向他笑著，道：「你想還能怎樣？你又不是沒有受過決策小組的指揮去幹過這樣的勾當，你何必來問我？請走吧！」

溫先生立時轉過身來，以背靠著牆，緊張地望著窗外。

木蘭花道：「你放心好了，你們黨的決策小組已和我聯絡過了，他們知道連你溫先生都失敗了，要暗殺我不是易事，所以，他們願意和我妥協，我也同意了他們提出的條件。」

「那麼，我……我……我……」

「你？你就成為犧牲品了，溫先生。」

溫先生的臉，變成了慘白色。

3 前奏曲

他雖然是第一號殺手，但正由於他是第一號殺手，所以他才更知道「ＫＩＤ」暗殺黨中，暗殺的方法千千萬萬，實在是防不勝防的。

他一直以暗殺別人為業，可是這時，他遭到報應了，他想到自己也有可能被暗殺，隨時隨地會失去性命之際，他發抖了！

他一面發著抖，一面道：「不，不，木蘭花小姐，我……不會成為犧牲品的。」

「我看這機會不大。」

溫先生呆了一呆，他像是一個將要被溺斃的人，突然抓住了一個救生圈一樣，叫了起來，道：「你說機會不大？那就是說，是有機會的，木蘭花小姐，請告訴我，我有什麼機會？」

他的聲音是如此之焦切，幾乎聲淚俱下了。

木蘭花冷冷地道：「你當然是有機會的，但如果我將你的機會告訴你，必然要將我的計劃也告訴你，你又不是值得信任的人，我為什麼要告訴你？」

溫先生抹著自他額角滲出來的汗珠，道：「木蘭花小姐，我在銀行中有著巨額的存款，我工作了近二十年，還沒有好好地享受過——」

「別說了，」木蘭花厲聲責斥，「你令我噁心，你工作了二十年，那就是說，你殺了二十年人，這二十年來，有多少人死在你各種各樣的武器之下，如今輪到了你自己，這不是報應麼？快離開這裡，去接受你不可避免的被暗殺的命運！」

木蘭花的責斥，令得溫先生的臉上變得一絲血色也沒有，他不斷地吞嚥著口水，最後才道：「那麼，你是真的肯和KID妥協了？」

「那不關你的事。」

「如果不是真的妥協，木蘭花小姐，你可有考慮到，我對你的作用麼？我可以說是暗殺黨中的一員大將，我是第一號——」

「不必多說了，我怎能相信你？」

「我……木蘭花小姐，你要我怎樣表示呢？」

「先和你們黨中的情報小組駐本地人員通一次信，看看他們有沒有什麼命令轉達給你，也別太相信我了，或許我所說的全是謊話！」

溫先生呆了一呆，他伸手在左手的拇指上一拉，竟拉下了一節來，當然，他不是拉斷了自己的手指，而是拉下了套在拇指上的肉色假指。

那一節假指，大約有半吋長，套在一個人的拇指之上，是絕不受注意的，而在科學進步如今日的情形之下，這樣一個半立方吋的空間，已很有用處了。

溫先生在假指中，取出了一粒骰子大小的金屬粒來，然後，在金屬粒上抽出了一根天線，又按動了一個小掣，向著金屬粒的一邊，有著許多細孔的那一面，道：「我是羚羊，我是羚羊，我尋找黑綿羊，我尋找黑綿羊。」

他的聲音才停止不久，便聽得一個清晰的女子聲音傳了過來，道：「我們是黑綿羊，我們是黑綿羊，羚羊請注意，羚羊請注意，牧羊人的緊急訓示，不論你在何處，你立即回到牧羊人的身邊去，用最快的方法，立即回到牧羊人的身邊去。」

「牧羊人可還有別的指示？」

「沒有，要你回到牧羊人的身邊去，這是每一個黑綿羊都接到的指示，你必須服從。」那女子聲音到這裡，便斷了。

溫先生面色灰敗地抬起頭來。

「嗯，」木蘭花說：「這聲音很耳熟，是在歌劇院藉口要我簽名，但卻噴了一些發光劑在我背後的那位小姐，是不是？」

溫光生看來已完全崩潰了，他只是呆若木雞地站著。

木蘭花笑道：「何必緊張？溫先生，你只管回去好了，或許是牧羊人有什麼重要的使命要派給你去做，也說不定的。」

「……不會回去的。」溫先生尖聲道。

「那麼，你就開始逃亡吧。」

「我……我也逃不過去的——」他講到這裡，陡地又按下了掣，道：「黑綿羊，黑綿羊！我是羚羊，你聽到我的聲音麼？」

「聽到，在接到指示之後，你應該動身了。」

「請你轉告那三個混帳該死的牧羊人，我不回去了！」溫先生大聲嚷著，「我脫離KID了，我不會去引頸就戮的！」

「等一等，你說什麼——」

可是那女子的聲音還未講完，那具超小型的無線電聯絡儀已被溫先生重重地踏在腳下，爆裂了！

當溫先生踏壞了無線電聯絡儀之時，穆秀珍、高翔和雲四風三人，全都望著木蘭花，露出欽佩之極的神色來，木蘭花卻仍然淡然地笑著。

「木蘭花小姐，」溫先生喘了一口氣，「現在可以相信我了麼？我踏壞了聯絡儀，這表示我已和暗殺黨斷絕關係了！」

木蘭花望著溫先生。

她望得如此之久，以致溫先生感到不安起來。

木蘭花在足足望了溫先生兩分鐘之久後，才吸了一口氣，道：「溫先生，你毀了這具聯絡儀，總部立即會知道麼？」

「是的，每一具聯絡儀，總部都是有一個信號燈的。當聯絡儀損壞的時候，信號燈就會熄滅，而當我要和總部通話的時候，我按下掣，信號燈就會明滅不定。」

穆秀珍等三人，在聽得溫先生這樣的解釋之後，心中都十分歡喜，因為這證明溫先生真的脫離了「ＫＩＤ」暗殺黨了！

但是，木蘭花的面色反倒顯得十分沉重，她背負著雙手，來回踱著步。她那種神情，令得別的人只感到莫名其妙。

過了片刻，木蘭花才道：「如果早知這樣，那麼，我一定阻止你，不讓你毀去這具通訊儀的了，只不過，現在還是可以補救的——」

溫先生不等木蘭花講完，便以極其訝異的神色，望定了木蘭花，道：「我……我不明白你的意思，我毀去了那通訊儀——」

然而，他究竟是一個十分聰明的人，要不然他也不能在「ＫＩＤ」組織中，爬到第一號殺手的地位了，他立時明白了。

他的臉色，也因為他明白了木蘭花的心意之後而變得十分蒼白，他神情緊張地道：「小姐，你的意思是，我應該若無其事，方便你去對付組織？」

「是的！」木蘭花肯定地回答著。

這時，不只溫先生明白了，連高翔、雲四風和穆秀珍三人也明白了，他們明白木蘭花不但要溫先生脫離「ＫＩＤ」，而且，還要利用溫先生，去對付神秘莫測，連他們的總部在什麼地方都無人知曉的「ＫＩＤ」暗殺黨。這實在是一個一想起來就令人心情緊張的任務！

而眾人之中，尤以溫先生的神情，最為緊張。

他來回走了幾步，又坐了下來，可是剛一坐下，立時又站了起來，他雙手搖著，道：「蘭花小姐，你的這一個計劃——」

木蘭花不等他講完，便斬釘截鐵地道：「我的這一個計劃，你必須參加，而且，還要以你為主力，溫先生，你明白麼？」

溫先生道：「你……在脅迫我？」

「你完全錯了，現在，要對付ＫＩＤ組織，你比我更迫切，你已背叛了組織，擺在你面前的，只有兩條路可以走了！」

木蘭花講到這裡，略頓了一頓。

沒有人插口，客廳中靜得出奇。

「第一條路，溫先生，你是隱名埋姓，到處逃亡，希望組織不發現你，你將日夜在驚恐中過日子，而且，你自己也深切地知道，你終於是逃不過去的，是不是？」

溫先生面色蒼白地點了點頭。

「第二條路，」木蘭花繼續說著：「才是你真正的生路，那便是將ＫＩＤ組織徹底地破壞，你根本可以無憂無慮，而你在銀行中豐厚的存款一定可以使你生活得像帝王一樣，而且你既然立了這樣一個大功，當然國際警方也不會再來追究你的了。」

溫先生長長地嘆了一口氣，道：「蘭花小姐，我相信你所說的，但是……但是要對付那麼一個堅強的組織，我們這幾個人夠麼？」

「我想夠了，因為我們有你在。」

「但是我已經背叛了組織啊！」

「但到目前為止，ＫＩＤ的總部還不知道。」

「可是我已毀了通訊儀！」

「是的，總部的訊號燈熄滅了，但那只表示你的通訊儀毀壞了，並不表示你已變節，通訊儀有各種損壞的可能，譬如說你和高翔發生了劇鬥……」

木蘭花的話才講到這裡，溫先生的身子已禁不住發起抖來，他的面色也青白得異常可怕，他道：「那你的意思是，要我再回到組織中去了？」

「是的。」木蘭花回答，「非但你自己要回去，而且，還要設法將我們帶進去，鎮定些，溫先生，你是為了你的生存在鬥爭！」

溫先生的身子仍然繼續地在發抖著。

但是，在不到一分鐘之後，他已然鎮定了下來，道：「如果要我再回到組織去，那麼，首先，蘭花小姐，我要你的死訊。」

「可以的，我正準備著我的『死訊』。」

「而且，我立即就要離開這裡。」

「當然，ＫＩＤ的情報網十分厲害，你也不必再和我們見面了，我相信你必然要經過東京的，在羽田機場，我們四人中的任何一個，都可以和你聯絡，聯絡的暗號是：小綿羊好嗎？到時，不論和你聯絡的是誰，都是經過化裝的。」

溫先生點了點頭，他顯然已恢復了鎮定，因之他的行動也開始變得矯捷起來，他拿起了那柄他設計的手杖槍，用十分急速的步子向外走去。

等到溫先生出了花園，隱沒在黑暗之中的時候，高翔和雲四風兩人異口同聲地道：「蘭花，你的計劃未免太大膽了。」

木蘭花望著窗外，道：「除非我們不想對付這個以暗殺為任務的ＫＩＤ組織，否則，除此以外，我們沒有第二個辦法。」

高翔仍然道，「你的計劃實在太冒險了，第一，溫先生真的可靠麼？他一定會和我們在一起對付他原來所屬的組織麼？」

「第二呢？」木蘭花反問。

「第二，這個組織是如此之嚴密，溫先生在組織中雖然有地位，但是他也絕不能不經過考驗，便將人引進組織中去的。」

高翔說到這裡，越想越是危險，又補充道：「而且，你的死訊突然公布，這其中也有破綻，我就不信溫先生的行動不受ＫＩＤ組織的監視！」

木蘭花還沒有回答，穆秀珍已然不耐煩大叫了起來，道：「高翔，你亂叫些什麼？你可知道，不入虎穴，焉得虎子！」

木蘭花揚了揚手，不讓他們兩人再爭下去。

在每一個人都靜下來之後，木蘭花才道：「高翔，你講的話十分有道理，我的計劃的確是冒險了一些，但這卻是一個有成功希望的計劃。」

高翔呆了一呆，點了點頭。他當然不能否認這是一個有極濃成功希望的計劃，因為利用溫先生在「ＫＩＤ」中的地位，打進去，從這個組織中樞去破壞它，正是理想的辦法！

穆秀珍又迫不及待地道：「那就行了，蘭花姐既然已經『死』了，當然不便再出面行動，由我到東京去和溫先生接洽好了！」

穆秀珍本來就是天不怕地不怕的人，而自從馬超文飛機失事之後，她更有意無意地尋找著極度的冒險來減輕心中的痛苦。雲四風是最瞭解穆秀珍這種心情的，是以當穆秀珍這樣叫嚷的時候，他心痛地望著穆秀珍，心中這時則在暗暗地嘆著氣。

木蘭花搖頭道：「當然是我去和溫先生聯絡，除了高翔要在這裡，為我的『死亡』做一點事之外，四風和秀珍也跟我去，但卻暫時不要出面。」

高翔揚了揚雙眉，道：「蘭花，你這是什麼意思，難道你以為我說你的計劃危險的成分高，我就沒有勇氣去實行它了麼？」

「當然不是這個意思，高翔，你在這裡的責任，一樣十分重大，唯有你將我的『死亡』表演得十足，我才有成功的可能。」

高翔不再說什麼，他來回踱了幾步，道：「好，那我就先走一步了，蘭花，秀珍，四風，祝你們馬到功成，消滅巨魁！」

他匆匆地走了出去。

而在他離去之後，只不過十分鐘，木蘭花等三人也走了，屋子的燈火一起熄滅，給人以一種十分恬靜的感覺，有誰知道，這種恬靜，正是一場驚天動地惡鬥開始的前奏曲呢？

第二天，高翔巧妙地被幾個記者發現他曾在「生死註冊處」辦了一些手續，然後，又在一個墳地之中，和墳地管理當局交談了一陣。

可是，當那幾名記者向高翔詢問時，高翔卻脾氣暴躁地和記者吵了起來，這是高翔就任警方特別工作組主任以來，從來也沒有發生過的事。

於是，敏感的記者便發出了「高主任心情悲痛」的消息。

高翔好幾次運用強烈的暗示，終於在第二天的早報上，已有「女黑俠木蘭花可能已逝世」的消息，大群記者造訪木蘭花的住宅，但是找不到人，記者包圍高翔，高翔對任何問題，一概拒絕回答。

這正是高翔的高明處。

如果他大聲高叫木蘭花已然死了，那反而會引起人家的懷疑，而且，必然會進一步詢問「木蘭花是怎樣死的」，但如今他一聲不出，只是不斷地向記者發脾氣，那使人感到，木蘭花真的是死了，焦點集中在木蘭花已死了這一點上，木蘭花是如何死的，就沒有人去深究了。

而且，在本市的大小報章都在報導木蘭花已死的新聞之際，高翔還在竭力地否認，而且還聲言要控告全市所有的報紙。

本市的報紙也對高翔反擊，要高翔拿出木蘭花未死的證據來，也就是說，要木蘭花露一露面。事情到了這一地步，高翔的表演已完全成功了！

他唯有垂頭喪氣，避不見人，所以，木蘭花的死訊似乎更加確鑿了。

這一切，只不過花了高翔三天的時間。

在這三天中，高翔一方面為了木蘭花的「死亡」在緊張地「作戲」，另一方面，他無時無刻不想得到木蘭花的信息。

他知道木蘭花是當晚就到東京的。而到了東京的下一站，是什麼地方，就不得而知了！

穆秀珍和雲四風是不是和她在一起呢？她和溫先生的聯絡怎樣了？他們如今在什麼地方？這一切全是高翔所關心的問題。

但是高翔卻得不到他們的任何消息。

所以，到後來，高翔顯得十分沮喪，倒並不是完全裝出來的。

自從他認識木蘭花之後，一切冒險的事，他都是和木蘭花共同經歷的，但如今，卻是木蘭花一個人去進行！

雖然有穆秀珍和雲四風在，但是他們兩人勢必不能一起打入ＫＩＤ組織之中，木蘭花孤身涉險，音訊全無，高翔實是不能不擔心！

木蘭花是當晚午夜之後，就和溫先生在東京機場上見了面的。

當木蘭花走向溫先生之際，溫先生驚訝地睜大了眼睛瞪著她。因為木蘭花曾對他說，在東京見面的時候，她將會化裝，但是木蘭花卻全然未曾化裝。

溫先生在奉命暗殺木蘭花時，曾經詳細地研究過木蘭花相片，他發覺此時的木蘭花，實是比任何照片中的木蘭花更要相像，任何人一看都可以知道那是木蘭花！

溫先生實在不知那是什麼意思！

木蘭花來到了溫先生的身前，低聲道：「小綿羊好嗎？」

「噢，」溫先生有點啼笑皆非，「我難道不認得你了？你大可以不必對我講約定的暗號的。」

「我難道不可以是假冒的麼？」

「假冒的？」溫先生大惑不解。

「來，我們別站在一個地方不動，」木蘭花慢慢地向前走去，「如果你注意我的左耳，你可以發現我和木蘭花不同。」

溫先生望向木蘭花的左耳，在頭髮的掩遮下，溫先生隱約可以看到，左耳上有一塊指甲大小的紫斑，這是以前任何有關木蘭花特徵的記錄上所未曾提及過的。

溫先生更是如同墜入五里霧中一樣，摸不著頭腦，道：「那麼，你……你不是木蘭花？你究竟是誰啊？」

「我是木蘭花，我想你該明白我的意思了。」

溫先生呆了一呆，他明白了，他低聲道：「你是想對組織表示，你是假的木蘭花？這太危險了，這更容易引起組織懷疑！」

「不，我想過了，惟有這個辦法，才可以使我和你一起打進組織去，如果我化裝成別人，那麼必定要經過種種的盤問和審查，但如果我以假木蘭花的身分去參加組織，組織方面一定感到極度的興趣，你引見我，也有了充分的理由。」

溫先生一聽，一面不住地點頭，同時，自他深沉的雙眼之中，也不由自主地流露出十分欽佩的神色來。

他心中不禁地暗暗地驚訝，何以木蘭花如此年輕，又是一個女子，竟會有如此縝密的頭腦，和這樣超特的勇氣，實是使人不能不佩服！

本來，溫先生還以為自己和木蘭花之間鬥爭失敗，是由於自己的運氣不好，但到了這時，他卻已然完全心悅誠服了！

木蘭花又道：「我最知道高翔的為人，我知道他發布我的『死訊』，一定是採取旁敲側擊的辦法，不是正面公布，那樣，組織方面，就感到一個假的，維妙維肖的，只不過在耳後有一塊紫斑的木蘭花，會有極高的利用價值了。」

「是的，但，你一切要小心！」溫先生沒有別的意見可以提供，是以他只好衷心地希望木蘭花成功，他那句話有點長者關懷後輩的意味了。

木蘭花笑了起來，她真的是因為心中高興而笑的，溫先生的這句話，至少已使高翔所說的「第一點危險」不成立了。

高翔提出的第一點危險，是溫先生並不一定可靠。但從如今這樣的情形來看，木蘭花可以知道，溫先生是完全站在自己這一邊的了。

木蘭花又道：「當然，我會小心，但我也有自信，我自信真木蘭花卻以假木蘭花的身分出現這一點，是不容易被人識穿的。」

「但……你也總不能就這樣和我在一起啊。」

「怕什麼？我是假木蘭花嘛！」

溫先生笑了起來，這時，他們已經走出了機場，一出機場，溫先生突然站住了身子。木蘭花也立即看到，有四個男子正站在對面，他們本來一定是要向前迎了上來的，但是他們顯然看到了在溫先生身邊的木蘭花，是以他們又站定了身子。

他們變成站在路中心，引得過往的汽車喇叭聲大作，而他們四人的神色，也十分之尷尬，大有進退兩難之勢。

溫先生在略停了一停之後，連忙一拉木蘭花，穿過了汽車，向那四人走去，到了那四人的面前，他沉聲道：「第一號山羊。」

他只講了一句話，便立時又拉著木蘭花，匆匆過了馬路，那四個男子連忙跟著走了過來，有兩個還越過了溫先生和木蘭花。

他們六個人，急步地走向一輛黑色的大房車，走在前面的兩個人搶前一步，拉開了車門，溫先生和木蘭花坐在後座。

在他們的身旁，各坐了一個人，前面也坐了兩個人，車子立時風掣電馳而去。

在車子中，沒有一個人講話，氣氛緊張得可怕。

溫先生沉著臉，不時地望著木蘭花，倒是木蘭花比較鎮定些，她不住地望著外面的景色，露出十分怡然自得的微笑來。

車子行走了足足一小時多，當車子停下來時，木蘭花看了看手錶，已是清晨六時了。車子是停在一幢大洋房面前的。

那幢洋房的鐵門緊閉著，可是當車子一停下來之後，鐵門便自動打了開來，車子立即又駛向前去，鐵門再自動地關上。

木蘭花仍然十分沉著，但是她的心中，卻在急速地轉著念，她知道這幢洋房，一定是ＫＩＤ新的支部了。距離上一次支部被搗毀的日子並不久，新的支部又建立起來，可知ＫＩＤ實在是一個極其完善的犯罪組織！

ＫＩＤ原來的日本支部，正是自己破壞的，如今，自己卻以本來面目來到，這當然是一件危險的事情，但正因為事情極其危險，所以敵人方面也難以料得到，險中求勝，勝利的希望是存在的，而且，她也知道，穆秀珍和雲四風兩人是已經知道她到了何處的。

因為她手上的一只戒指中，不斷地發出無線電信號，指示著她的去向，雲四風和穆秀珍兩人當然是懂得如何跟蹤的。

木蘭花伸了伸手，她覺得自己實是沒有理由過度地緊張的。

車子又停了下來，是停在石階前的平地上，車前的兩個人下車，打開了車門，仍是四個人擁簇著溫先生和木蘭花，走進了那幢洋房。

才一走進，掀起了厚厚的絨簾，木蘭花便覺得眼前陡地一亮，偌大的一個大廳，竟然空蕩蕩地，除了一張桌子，幾張椅子之外，別無他物。

在那張方桌之前，坐著兩個人。

當然大廳中不止那兩個人，但其餘的十來個人，都貼牆站著，手中持著武器，他們當然全是手下，只有那兩個坐著的人才是頭子。

溫先生和木蘭花兩人才一進去時，由於突如其來地進入了強光之中，是以兩人都瞇起了眼，一時間，也看不清眼前兩人神情的變化。

但是，當木蘭花雙眼適應了強光之際，她看到那兩個坐在桌後的人正注視著她，而且，面色是出乎意料之外的蒼白。

木蘭花「格格」地笑了起來，道：「你們嚇呆了，是不是？女黑俠木蘭花來了，你們再不逃命，難道在這裡等死麼？」

那兩個人直跳了起來，其餘一個，迅速地拔出手槍來，並且立即放槍，但是溫先生的出手，比那人更快，他的冰彈槍先一步放射，一股強大的氣流正射在那人的手槍之上，令得那人放射之際，槍已失了準頭，「啪」地一聲過處，子彈射到了天花板上。

溫先生立即喝道：「蘇珊，這是什麼地方，由得你胡亂開玩笑的麼？」

木蘭花也為剛才那驚險絕倫的一剎那而面色蒼白，她一面佩服溫先生的急智，一面拍著胸，道：「我怎知他們那樣敏感啊？」

溫先生還未曾再講話，那兩人已齊聲道：「第一號，你叫她蘇珊？這是什麼意思？她不是木蘭花麼？」

當溫先生聽到木蘭花的計劃之際，他曾面色發青，然而這時，他卻鎮定得令人驚奇，他笑了一下，道：「你們認為她是木蘭花，那麼我帶她來，總算是有價值的，她是蘇珊，一個孤兒，我猜想她可能是木蘭花父親早年風流放蕩的結果。」

木蘭花「哼」地一聲，道：「我可攀不上木蘭花這樣的好親戚，以後如果你這樣向人介紹我，我可要大大不高興了！」

那兩人仍是疑信參半地望著木蘭花，其中一個向站著的人使了一個眼色，幾乎有半數以上的槍，集中地指著木蘭花。

但是木蘭花只當沒有看見，她若無其事地坐了下來，溫先生也在她旁邊坐下來。

那兩人中的一個沉聲道：「第一號，你已犯了第三項和第七項組織法規。」

「是的，我承認。」溫先生坦率地說。

「核心小組要求有滿意的解釋。」

「我會向核心小組提出滿意的解釋的。」溫先生回答。

兩人中的另一個，拉開了桌上的一個抽屜，那抽屜中滿是控制鈕，他拉出一條天線，按動了許多鈕掣，直到有一陣輕微的「嗡嗡」聲傳了出來，才道：「第一號，你可以向核心小組解釋了，他們正在聆聽你的解釋，你們說的每一字，他們都可以聽得到。」

溫先生呆了一呆，道：「不，我要向他們當面解釋！」

那人冷冷地道：「第一號，我們接到的命令很簡單，那便是立即找到你，要你解釋犯規的緣故，如果你拒絕解釋的話——」

那人講到這裡，略頓了一頓，又一字一停地道：「如果你拒絕解釋，那麼，我們應該立時將你槍殺，絕無商量的餘地！」

「可是，」溫先生大聲叫了起來，「核心小組只能聽到我的聲音，他們卻看不到我，也看不到蘇珊，他們能看到蘇珊麼？」

那兩個人並沒有出聲，而自那抽屜之中，則傳來一個沉重的聲音，道：「蘇珊是什麼人，你又犯了第十二條法規了。」

「不論我犯了多少條法規，先生，我都是為了組織，你們必須親自接見我，當你們見到了我和蘇珊之際，你們就可以知道我為組織立下了多大的功勞了。而且，我還有一句簡短的報告，那便是：木蘭花已然死了，他們正在竭力遮掩木蘭花的死訊！」

溫先生一口氣講到這裡，才停了下來。

4 小綿羊好嗎

室內靜了下來，氣氛十分緊張。

因為溫先生已明顯地表示了態度，他一定要當面向核心小組作解釋，而東京支部方面的人，所接到的命令則是，如果溫先生拒作解釋的話，立即殺害！

室內的氣氛極其緊張，只等核心小組進一步的命令了！

等了足足有三分鐘之久，這是令人幾乎要感到窒息的三分鐘，才聽得核心小組的聲音又傳了過來，道：「第一號，你的要求被駁回，但是你可以到第三號聯絡站去作解釋，在你到第三號聯絡站的途中，你們需要接受麻醉，你，和你口中的蘇珊，都要接受麻醉！」

木蘭花立時望向溫先生。

她雖然沒有發出任何聲音來，但是溫先生也立即可以知道，木蘭花是在問他，那「第三號聯絡站」究竟是怎麼一回事。

他站了起來，道：「好的，第三號聯絡站有電視傳真設備，那是和當面差不多了，我只要使你們看看蘇珊，就足夠了。」

兩人中的一個，拉開了另一個抽屜，取出一柄異樣的手槍來，對準了溫先生，道：「對不起，這是核心小組的命令。」

溫先生攤了攤手，作了一個無可奈何的手勢。

也就在這時，「嗤」的一聲，一支針自槍口射了出來，正射在溫先生的小手臂上，溫先生的身子震了一震，當他想伸手將那枚針拔起時來，他身子一晃，已向後倒了下去，立時有兩個人竄過來將他扶住，放在椅子上，他已昏了過去。

那人以槍對準了木蘭花，道：「輪到你了，小姐。」

木蘭花心中，在那一剎間，不知想到了多少事，但是她只是淡然地道：「希望我可以醒來，我是會醒來的，是不是？」

她話才講完，手背上突然一痛，一支針已射了上來，她望著那枚針，剎那之間，那支針化了開來，化成了一片漆黑，向她當頭罩下。

那兩個人略鬆了一口氣，立即道：「報告核心小組，溫和他帶來的蘇珊已接受麻醉，昏過去了，我們立即將他們送走。」

「那蘇珊是什麼人？」抽屜中的聲音問。

「是木蘭花——不，我的意思是說，她像極了木蘭花，但溫說她是蘇珊。」那人報告著，頻頻望向木蘭花，神色還十分緊張。

「你們在將他們送到第三號聯絡站的同時，將木蘭花的指紋也送過去。」核心小組的指示又來了，「以便他們進行校對。」

「是，」那人答應了一聲，揮了揮手。

四個人走了上來，將已然不省人事的溫先生和木蘭花架了起來，向外走去，又上了那輛大房車，車子又向外馳了出去。

KID組織之嚴密，從東京支部到第三號聯絡站這一途中的變化，就可見一斑了。

事實上，沒有人知道第三號聯絡站在什麼地方。

溫先生在組織中已是地位極高的人物了，但只要不是核心小組中的人物，就不能參與組織的機密，他也不知道第三號聯絡站在什麼地方。

溫先生和木蘭花兩人離開了東京支部之後，一直向北馳著，約在四十分鐘之後，車子停了下來，一輛大卡車已在路邊接應。

溫先生和木蘭花上了那輛大卡車的車廂，車廂是密封的，有三張很舒服的椅子，他們兩人全然不知車子駛向何處。

但是，卡車絕不是直接駛向第三號聯絡站的，等到一小時之後，卡車又停下來時，有一個人打開門，上了車廂，他手中持著兩副眼罩。

一看到那兩副眼罩，溫先生便盛怒地叫了起來。

「這算是什麼？將我們當畜牲麼？」

「溫先生，請原諒，這是核心小組的命令。」

溫先生呆了約十秒鐘，核心小組的命令，在ＫＩＤ組織中，這句話就表示：那是絕不可抗拒的，如果你一定要抗拒，那你就必須付出生命作代價！

所以，溫先生悻悻然回答，道：「好吧！」

當溫先生作出這樣回答的時候，木蘭花也鬆了一口氣，因為木蘭花唯恐溫先生一時忍受不住，發作起來，而打亂了她的計劃。

他們兩人被戴上眼罩，被人帶著，走出了卡車車廂，步行了約十分鐘，他們又被帶著，走了幾級樓梯，然後坐了下來。

木蘭花和溫先生以為那一定已到了所謂「第三號聯絡站」了，但是，正在他們這樣想法之際，他們感到了一陣震動。

那一陣震動，使他們立即感到，他們絕不是在什麼「聯絡站」，而是在一架飛機中，而且，飛機幾乎是立即起飛的。

木蘭花從聲音、震動上來判斷，他們所乘搭的飛機，像是一架小型的噴射機，這種噴射機的速度是十分快的，在飛行了大半小時之後，木蘭花已肯定，第三號聯絡站不會是在日本的國土之上，而多半是在太平洋的一個小島上了。

木蘭花的判斷並沒有錯，當一小時後，飛機停下來之際，她被帶下機艙時，她聽到了海水沖擊岸邊的「刷刷」聲。

然後，她被帶著，走下了十來級石階。

當走下石階之後，她眼上的眼罩被除去，她連忙轉過頭去，她看到溫先生就在她的身邊，而他們置身在一間十分大的房間之中。

那房間的中心，是一個極大的控制臺，有著各種各樣的按鈕和掣，以及明滅不定，各種顏色的小燈，在控制臺前有三個人坐著在工作。

而將他們帶進來的那人，這時已指著兩張椅子，道：「請，兩位請坐，溫先生，核心小組將在這裡和你會面。」

那人詭秘地一笑，拍了一下手掌。

溫先生和木蘭花兩人，在指定的椅子上坐了下來之後，他們面對的是一大幅電視螢光幕，這時，螢光幕上，正閃爍著灼亮的線條。

在電視螢光幕上面的，是兩根電視攝像管。木蘭花立即明白是怎麼一回事了。

而當她明白了是怎麼一回事之際，她的心中，不禁十分沮喪。

本來，她是想藉溫先生的力量見到KID的核心人物，在KID組織的最中心部分展開破壞的，可是照如今的情形來看，她顯然不能達到這目的。

當然，她將可見到核心小組的三個組成人員，但那只不過是在電視螢光幕上，他們可能在好幾萬哩之外！自己當然是沒有法子加以破壞的！

但是，木蘭花心中的沮喪，卻一點也未曾在臉上顯露出來。她只是裝著好奇地四面觀看著，同時她也想到，她雖然還看不到什麼，但是核心小組的人員只怕早已看到她的了，她必須記得：她是「假冒的」木蘭花，她不能持重，她要表現得輕佻！

約在兩分鐘之後，眼前電視螢光幕上跳動的光線停止了，接著，出現了一間房間，光線十分黑暗，可以看到三個人，坐在長桌的一端。

但是那三個人的臉面，是看不清楚的。因為那三個人的面前，有一塊半圓柱形的板擋著，在眼部，則有一片玻璃，那就像是焊接工人的護目罩一樣。

電視螢光幕上一出現那三個人，溫先生的神情便顯得緊張起來。

但木蘭花仍然裝出一副十分好奇的眼光望著。

一個沉濁的聲音傳了過來，道：「第一號，我們等待著你的解釋——」他頓了一頓，才又道：「希望你的解釋是圓滿的。」

溫先生立即道：「我擅自行動，是因為情報組未能提供正確的情報，木蘭花已經死了，這已是毫無疑問的一件事！」

那沉濁的聲音道：「我們接受你這一點解釋，並且也確信你已成功，因為那邊已然有一點消息傳出來了，但是你擅自行動，這也證明你不受集體的限制，這使你暫時不能參加核心小組的工作，這樣的處理，你可覺得是不是公平？」

溫先生大聲道：「我並不覺得公平！」

他的回答，使得控制臺前的幾個人不由自主地轉過頭，向他望來，木蘭花的心頭，也不禁怦怦一陣跳。

但是溫先生立時道：「不過，既然是核心小組的決定，我也沒有話說。」

那聲音冷笑幾聲道：「這才是你應有的態度。」

溫先生又道：「我還有事情要報告，在我和高翔的劇鬥中，我的遠距離聯絡儀損壞了，我要求組織方面補發一具給我使用。」

那聲音道：「可以的。」

溫先生欠了欠身，道：「三位，你們一定也看到坐在我身邊的那位美麗的小姐了？」

「是的，我們等待你的解釋。」

「她酷肖木蘭花，是不是？」溫先生問。

「她就是木蘭花！」那聲音突然石破天驚地回答了這樣一句話。「第一號，你帶木蘭花前來，這表示你已背叛了組織！」

那兩句話一傳了出來，氣氛的緊張，已到了極點！

木蘭花的心劇跳著，但是在她的神情上，卻一點也看不出她心中的焦慮，她張大了口，像是遇到了十分有趣的事一樣。

溫先生的面色並不十分好看，可是也難以確定他這種神情，究竟是憤怒，還是恐懼？

難堪的沉默，維持了半分鐘左右。

然後，溫先生才「哈哈」地笑了起來，道：「你們這樣認為麼？這……哈哈……我帶著木蘭花，公然地來背叛組織，哈哈……」

那聲音大聲叱道：「第一號，這沒有什麼可笑的。」

「這極其可笑！」溫先生回答，「我找到了蘇珊，她可以為組織立大功，但是組織卻認為她就是木蘭花，這還不好笑麼？」

溫先生的話，暫時沒有得到回答。

但是在電視螢光幕上看來，卻可以看到那三巨頭的頭部湊在一起，他們當然是在商議，他們的商議，立即有了結果。

那聲音又道：「第一號，你留在聯絡站中，等候進一步的指令，這位小姐到總部來，接受我們的召見，我們將會確定你是否立了一件大功。」

木蘭花心中暗叫了一聲，這正是她所期待的，但這也是極度危險的事。

溫先生也在這時，站起身來道：「好的，但是有一點，組織必須注意，蘇珊是一個什麼也不懂的人，我找到她的時候，她只是一個女侍，暫時不宜派她做任何工作。」

「這一點，我們知道。十二號，你負責將她，這位被第一號稱之為蘇珊的小姐，送到總部來，採取第六號路線。」

「是！」立時有人答應了一聲。

木蘭花也深深地吸了一口氣。從核心小組最後的吩咐聽來，溫先生的推薦還不是全部被接受的，她還必須經過種種的考驗，以證明她的確不是真的木蘭花！

而事情既已發展到了這一地步，她想退縮也是不行的了，她只能接受核心小組對她的一切考驗，她希望能有面對這三個人的機會！

奉命將木蘭花帶到總部去的「十二號」，是一個身型瘦削的男子，他走到了木蘭花的面前，木蘭花站了起來，然而，十二號第一件事，便是將一副眼罩套在木蘭花的眼睛之上。

自此之後，木蘭花足足有七十二小時之久，未曾看到任何光亮，她只是從感覺上，感到在那七十二小時中，她幾乎使用過了一切交通工具。

她可以肯定，有相當長的一段時間內，她是在一艘潛艇之中，最後的一段路程，則是汽車，汽車像是在鬧市中前進的。

然後，又突然靜了下來。

木蘭花全然無法知道自己是在世界的哪一個角落中，當她揚起手來，將手上的那枚戒指湊到耳邊，聽到了一種極其輕微的嗡嗡聲之際，她知道信號仍在不斷地發出，那也就是說，她不知道身在何處，但是接受信號的雲四風和穆秀珍，是可以知道她在什麼地方的。

而她，只怕也快到目的地了！

木蘭花終於被帶到了一張椅子之前坐了下來。

她眼上的眼罩，也在坐下之後被除去。

她感到眼前仍是一片漆黑，她在什麼地方呢？

那應該是在一間房間之中，房間是在什麼地方呢？是在哪一個城市之中呢？穆秀珍和雲四風是不是已知道了這個所在呢？

木蘭花的心中不禁十分焦急，漸漸地，房間中開始有一些光亮了。

房間中的光亮是漸漸亮起來的，那當然是為了使久經黑暗的木蘭花的眼睛，不一下受強光刺激的緣故。

等到房中的光線亮到了可以使她看清眼前情形的時候，她看到房中只有她一個人。

穆秀珍和雲四風自從在東京羽田機場和木蘭花分手之後，他們兩人，就時刻地在注意著他們手腕上的「手錶」。

他們當然不是每隔上十分鐘就想知道時間，他們的手錶，乃是超小型的示蹤儀，示蹤儀接收著木蘭花的信號儀所發出的信號，指示木蘭花的所在地。

如果他們和木蘭花的距離近，那麼他們就可以直接跟蹤。但如果他們和木蘭花之間的距離遠了，示蹤儀通過信號擴大，他們可以在另一個精密的儀器中，得知木蘭花的精確的所在地——那儀器會顯示出地球上的經緯度，使人輕易地可以找到要找的目的物。

他們跟蹤到了郊外，然後，他們便無法直接跟蹤了，因為木蘭花和他們之間的距離突然拉遠了，雲四風打開了他提的那個占士邦式的手提箱。

手提箱內，全是儀器，雲四風又抽出了幾個薄片來，薄片上刻有精密的經緯度，在其中的一個薄片上，有一個亮點，正在緩緩移動。

穆秀珍望著那個緩緩移動的亮點，道：「蘭花姐向東飛去，他們到什麼地方去呢？」

雲四風緊蹙著眉，道：「很難說，我們只好跟蹤，看來，他們正以極高的速度在移動，那麼，他們一定是乘坐噴射機的了。」

「我們有噴射機麼？」穆秀珍焦慮地問。

「可以借得到，我在日本有幾個闊朋友，他們都是有私人飛機的，其中有一個，就擁有兩架小型噴射機，我們去找他！」

等到雲四風找到那個日本闊佬，借到飛機，那已是將近兩小時之後的事情了。

當他們兩人登上飛機時，儀器上的亮點又在移動了。

那亮點曾停留過一陣，根據經緯度的指示，曾經停留的地點，是一個無人固定居住的小島，只有幾間房屋，是給捕鯨船作休息之用的。

當然，在知道了木蘭花曾在那個小島上作過逗留之後，穆秀珍和雲四風兩人都知道，這個小島絕不止只是捕鯨船的淡水補充站那樣簡單。但是他們卻也沒有進一步地去調查那小島。因為他們必須跟蹤木蘭花。在接下來的兩天中，他們一直在向西飛行著。

那架飛機，是屬於一個工業鉅子的，那位工業鉅子在世界各地都有私人的聯絡站，所以雲四風和穆秀珍每到一個地方，都有照應。

他們足足飛行了三天。當指示屏上的亮點終於停下來不動的時候，他們的飛機，是在離巴黎遠有半小時航程的上空，而且不必核查，也可以知道，木蘭花是在巴黎停了下來。

那也就是說，ＫＩＤ的總部可能是在巴黎！

雲四風和穆秀珍降落在巴黎近郊的一個小機場上，那個小機場本來不是給噴射機降落的，但是為了避免別人注意，所以雲四風選擇了這個冷僻的機場，而憑著雲四風高超的駕駛術，飛機還是安全著陸了。

他們兩人離開了機場，驅車直向示蹤儀指示木蘭花的所在地駛去，到了將近市區的時候，由於車子擁擠，速度慢得出奇。

等到他們好不容易進入市區時，已是降落之後的一小時了，幸而那個亮點始終未曾移動過，那表明木蘭花始終在一個地方。

當他們漸漸接近示蹤儀的所在地時，他們兩人的「手錶」中，都發出了輕微的

「滴滴」聲來，這表示他們離目的地已在一哩之內了。

當「滴滴」聲轉而為「嘟嘟」聲之際，雲四風將車子停在街邊，這「嘟嘟」聲表示，他們要跟蹤的目標已在一百碼之內了！

雲四風停下車子之後，穆秀珍低聲問道：「四風，你有什麼計劃？」

雲四風探頭向外看去，那是商業區的一條後巷，兩旁全是高房子，木蘭花就在一百碼之內，但是他當然看不到木蘭花。穆秀珍這樣問他，使他十分高興，因為這表明至少穆秀珍願意尊重他的意思，但同時也使他感到他肩負的責任重大。

他略想了一想，道：「我們先要設法知道蘭花究竟在什麼地方，同時，也要設法知道她如今的處境，才好採取行動。」

穆秀珍忙道：「那我們還等什麼？」

雲四風點了點頭，打開車門，兩人一起跨下車，向前走出了幾步，這時，他們「手錶」上的聲音停止了，但是當他們抬眼一看間，他們都看到數字格上，跳出了一個「九」字，和一個「七」字。

九十七碼！

離他們要找的目標，只有九十七碼。

而且，有著方向的指示，他們轉向左，他們每走出一步，數字格子便跳一跳，數字越來越少，這表示他們離目的物越來越近。

等到數字格子中的數字變成了「十二」之時，雲四風和穆秀珍兩人卻不由自主地停了下來，互望了一眼，現出了十分疑惑的神色來。

他們都感到，事情有什麼不對頭的地方！

數字格子上的數字是「十二」，那也就是說，離他們的「目的物」還有十二碼。他們的「目的物」是木蘭花，如果儀器沒有故障的話，木蘭花離他們只有十二碼距離了。

但是，他們向前看去，前面卻是一條河，河邊上有幾張長凳，在離他們前面十二碼左右處，的確有一個人坐在一張長凳上。

但是那人卻是一個流浪漢，他正在打盹。

那人不會是木蘭花的化裝，因為他又高又瘦，而木蘭花的化裝術再好，也是沒有法子使自己變得高上將近半呎之多的。

那麼，木蘭花是在什麼地方呢？

如果他們這時正在一幢屋子的外面，那麼木蘭花還有可能是在屋子之中，但這時，不要說他們的前面，就是他們的身後，也沒有任何建築物！

他們經過了那麼長時間，長距離的跟蹤，可是到現在，當儀器指示木蘭花就在離他們只有十二碼左右時，他們卻看不到木蘭花！

他們兩人都呆住了，難以出聲。因為在那一剎間，他們實在不知道究竟發生了什麼事情。

他們呆立了好幾分鐘，只見那流浪漢伸了一個懶腰，踽踽走了開去。

他們的前面，一個人也沒有了！

雲四風苦笑了一下，道：「秀珍，我看是儀器壞了！」

「不會的，」穆秀珍不相信儀器會壞，因為儀器一直都在接收著信號，直到如今為止信號也沒有停過，是以她又道：「我們再向前走過去看看。」

雲四風沒有再說什麼，舉步向前走去。

他們兩人的腳步都是十分沉重的，他們兩人跨出的步子也十分大，每當他們跨出一步，數字格中的數字，便跳動一下。

終於，數字格子中的數字變成了「二」字。這時，他們正來到了那張長椅之前的兩碼處。

而也就在那一剎間，他們兩人的臉色「刷」地變得蒼白了，他們僵直地站立在那張長椅之前，額上不禁滲出了冷汗來。

儀器並沒有壞，一點也沒有壞，他們要跟蹤的目的物，就在他們之前兩碼，他們都已看到了，那便是木蘭花的一枚「指環」。

那枚「指環」，就是信號發射儀，本來是應該戴在木蘭花的手指之上的，但這時，卻是放在那張沒有人坐的長椅之上。

那只戒指被單獨地放在長椅上，當然，十之八九，是剛才那個「流浪漢」所放上去的，這時，那流浪漢也已不知去向了。

他們兩人呆了許久，雲四風才跨出最後一步，一伸手，將那枚戒指取了過來，他苦笑一下，按下了戒指上的一個掣。

信號停止發出了。本來，當信號停止發出的時候，應該是他們和木蘭花會面之際，可是現在……

穆秀珍的聲音，顯得異乎尋常的尖銳，她問道：「蘭花姐在什麼地方啊？」

雲四風並沒有回答，事實上，那是一個他在如今這樣的情形之下，根本沒有法子回答的問題，他只是將手放在穆秀珍的肩頭上。

雖然他仍然什麼也沒有說，可是他的神情，卻叫穆秀珍感到他正在設想如何措詞才能安慰她，穆秀珍大聲道：「你別亂說，蘭花姐不會有什麼的。」

「我沒有說她會怎樣，」雲四風連忙說：「但是，我們也不能不正視現實，秀珍，蘭花如今的處境，一定極其不妙！」

穆秀珍的臉色變得更蒼白了。

她抬起頭來，望著雲四風，雲四風可以在她臉上的神情中，看出她心中的彷徨無依。

實際上，雲四風自己的心中也是一樣。可是，他卻不能不安慰穆秀珍，他道：「秀珍，你別急，我們一定可以找得到她的，她一定還在巴黎，我們設法去——」

雲四風講到這裡，停了下來，因為連他也感到自己的勸慰是太不著邊際了！

即使木蘭花是在巴黎，巴黎有好幾百萬人，有無數的大街和小巷，要在那樣大的城市之中找一個人，豈不是比登天還難？

在雲四風突然停口不久，穆秀珍忽然又充滿了希望地問道：「四風，你說，蘭花姐是不是故意將這枚戒指放在這裡的？」

5 主動地位

雲四風沒有回答，因為穆秀珍的說法，未免太一廂情願了。

穆秀珍心中的那一剎間的希望，也化為烏有了，她在那長椅上坐了下來。

雲四風一看到楊秀珍坐了下來，他的心中陡地一動，在不到半秒鐘的時間中，他想起了許多事情來。

那「戒指」假定是那個流浪漢放下來的，那麼，木蘭花毫無疑問已遭了變故，因為如果是木蘭花叫那流浪漢來放的，流浪漢必然會和他們聯絡的。

而如果那「戒指」是敵人方面放置的，那無疑是一個釣餌，來使他們上鉤，而他們在上鉤之後，卻還在這裡逗留了那麼久！

那是極其愚蠢的事！

雲四風想到這裡，忙道：「秀珍，我們快——」

可是，他下面的「離開」兩字還未出口，在他的身後，便傳來幾下怪裡怪氣的笑聲，雲四風連忙轉過身來。

在他們身後不遠處，站著兩男兩女四個流氓。

可是這兩男兩女，顯然不是普通的「流氓」，因為在他們之中一個人的手中，正握著一柄小型的火箭槍。

那人握槍的姿勢十分巧妙熟練，除非正面對著他，別人是不容易看出來的。

穆秀珍也覺出不妙了，她霍地站了起來。

雲四風立時向她作了一個手勢，示意她不要亂來。他則笑了一下，道：「好了，是應該有人來和我們接頭了，看來，你們稱作小羊，實在太謙虛一點了，你們實在是善於設陷阱的狐狸！」

那握槍的「流氓」冷笑了一聲，簡單地道：「上船去！船就到了。」他的聲音才完，一陣「撲撲」的汽艇聲便傳了過來。

雲四風回頭看了一眼，一艘中型的汽艇正沿岸駛了過來，雲四風向穆秀珍使了一個眼色，仍然示意她不要出聲。

然後，他道：「誰陪我們上船呢？」

「你們自己上去。」

「如果我們不上去呢？」

那「流氓」揚了揚手中的「火箭槍」，道：「那麼，你們的屍首，將在河的下游被人撈起來，等候認領。」

雲四風聳了聳肩，道：「我們並沒有熟人在巴黎！」

雲四風是故意如此說的，別以為那是句沒有意義的「調皮話」，實際上，這一句話，是用來探聽木蘭花如今的處境的。

如果木蘭花已落入敵人的手中，ＫＩＤ方面知道了他們和木蘭花的關係，那麼雲四風的這句話，就會招來冷嘲熱諷，他便可以在對方的回答中探出一點虛實了。

果然，不出雲四風所料，那「流氓」立時冷笑了一聲，道：「熟人？當然有的，只不過她沒有空來認你們的屍體而已！」

雲四風是用法文在和那「流氓」交談的，是以他可以聽出，那「流氓」在提到熟人的時候，是說「她」，而不是「他」，那麼，當然是指木蘭花而言的了！

雲四風只覺得身子一陣發涼。木蘭花果然已落入ＫＩＤ組織的手中了！

ＫＩＤ曾經派出第一號殺手去殺害木蘭花，如今，木蘭花又落入了他們的手中，那實在是不能設想的一件事情！

但雲四風卻也多少有一點安慰，因為那「流氓」說木蘭花「沒有空」，可知木蘭花至少還是活著的，不然，對方就會用另一種語氣來說話了。

木蘭花當然還在對方的手中，那麼，自己和穆秀珍如果上了船的話，也算是落入了對方的手中，在這樣的情形下，反倒有機會見面了。

他考慮到這裡，便有了決定。

而當他轉過頭，向穆秀珍望去的時候，穆秀珍顯然也有了同樣的決定，他們互相略點了點頭，一起轉身向前走去。

艇上的一個水手，已然將一張梯子擱在岸上，供他們兩人走上去，等他們兩人上了快艇，快艇立時破浪向前，駛了出去。

雲四風轉頭向岸上看去，那四個「流氓」已然散了開去，雲四風轉過頭來，只看到一個水手，正用一柄槍指著他和穆秀珍兩人。

雲四風和穆秀珍根本沒有反抗的打算，所以他們對那個用槍指住了他們的水手，只不過冷冷地望了一眼，便不再去注意他。

他們的心中只是在想：木蘭花究竟怎樣了？

木蘭花當然已經出事了！

如果不是木蘭花已出了事，她手上的戒指，如何會在河畔的長椅上，又何以他們兩人會被歹徒押上了那艘艇呢？

但是，雲四風和穆秀珍兩人都不敢向下想去。因為向下想去的話，結論實在太可怕了！

木蘭花是想以假木蘭花的身分混進「ＫＩＤ」去的，假假真真，這本來是一條十分高妙的計策，但是當「ＫＩＤ」方面發現木蘭花戴了這樣的一只「指環」之後，他們當然可以知道，不論真假，都是來者不善，絕不是懷著好意的。

而「ＫＩＤ」是個以殺人為業的組織，當他們發現有人不懷好意地想混進他們組織的時候，他們會怎樣對付之呢？

雲四風和穆秀珍不由自主打了一個寒戰，那個寒戰，當然絕不是由於河上的風十分強勁，而是因為他們心中的焦慮。

雲四風吸了一口氣，向那個水手走近了一步，那水手立時驚覺地揚起手來。

雲四風道：「別緊張，我只不過想問問這艘快艇由誰負責？」

「我負責。」在雲四風的身後響起了回答。

那是一種十分陰森乾澀的聲音，令人一聽就知道發出這種聲音的人，一定是一個像石頭也似不動感情的硬漢子，雲四風轉過身去，他正看到了那樣一個人。

「那麼，我可以向閣下問一些問題麼？」雲四風說。

「可以的。」

「我們將到何處去？」

「到了你就知道了。」

「有一個人，是一位小姐，她現在怎樣了？」

「不知道！」

雲四風皺了皺眉，道：「先生，你對什麼最有興趣？看你的情形，我想用金錢來打動你的心，似乎是不可能的事了？」

雲四風的話，說得十分巧妙，那漢子怪聲笑了起來，道：「你錯了，那要看你究竟拿得出多少來，才能決定我的答案。」

雲四風一喜，道：「你要多少？」

「我要我生命的代價，你說是多少？」漢子冷冷地問。

雲四風知道自己是被戲弄了，但是他壓抑著心頭的憤怒，聳了聳肩，道：「那我可沒有辦法和你交易了，因為你一文不值！」

那漢子顯然被激怒了，他踏前一步，眼中怒火直冒，雲四風則只是冷冷地望著他，同時，他放在身邊的手，向穆秀珍作了一個手勢。

當他們才被押上艇的時候，他們都不打算反抗，那時他們的想法是，如果不反抗，那麼他們一定會被帶到要去的總部去的。

但是當他們想到木蘭花已然出了事之後，他們也想到，如果他們不反抗的話，那麼，當他們被帶到了總部之後，一定和木蘭花一樣，也是人家手中的俘虜。

而如果他們行動的話，他們也不等於不能到達目的地，可是那就大不相同了，因為那時便是主動的地位，而不是束手就縛的被動地位了。

雲四風和穆秀珍是在一剎間改變了主意的，當雲四風向穆秀珍作了一個手勢之際，穆秀珍也已完全明白雲四風的意思了。

雲四風的手勢剛一做完，那漢子的一拳已也擊出了。

以雲四風的身手而論，要逃開這一拳，乃是輕而易舉的事情，但是他卻並不躲避，那一拳，正擊在他的下顎之上，發出了一下沉重的聲音。

雲四風的身子，也立時向後跌了出去，一直跌向在他的身後，持著槍看守他們的那個水手，只見他一伸手，將雲四風的身子按住，哈哈大笑。

可是，那水手的笑聲只發出了兩下，雲四風一翻手，已勾住了他的頭頸，將他的整個身子在自己的頭上翻過，重重地向下撻去！

當那水手的身子在雲四風的頭上翻過之際，雲四風只不過略伸了伸手，那水手手中的手提機槍便已經轉換主人了。

而穆秀珍在雲四風連避也不避就被那漢子擊中一拳時，她也早知道雲四風打的是什麼算盤了，她立時向後躍了過去。

等到雲四風奪到了槍，她已和雲四風站在一起，兩人一起蹲了下來，伏在一大盤纜繩的後面，手提機的槍口對準了那漢子。

那漢子想向後退去，但雲四風已大聲喝道：「別動，聽我的吩咐，別以為我會憐惜你這個一文不值的賊性命！」

那漢子的面色鐵青，但是他卻不敢動了。

從船艙中又有幾個人奔出來，可是一看到這等情形，也都停立著不動了。

雲四風吩咐道：「你，負責人，走過來，我有話和你說，其餘的人，秀珍，你知道的！」

穆秀珍道：「當然！」她一面回答，一面取下了髮箍，連續地按著掣鈕，好幾支毒針電射而出，中針的人，幾乎是立即倒了下去，和死了一樣。

其實那幾個人並沒有死，只不過昏了過去而已，但那個已來到雲四風面前的漢子，卻不可能分辨那些人是死是生的。

他只聽到了倒地的聲音，卻聽不到有人發出呻吟聲來，他的臉色由青而白，他的額上，也已滲出了老大的汗珠來。

雲四風笑道：「還是老問題，我們上哪裡去？」

那漢子厲聲道：「你們要到地獄去，駕駛快艇的人，早已將這裡的情形通知我們的人了，我們的人就要送你們到地獄中去了！」

雲四風怔了一怔，但是他立即看出，那漢子這樣講法，只不過是自己替自己在壯膽而已，他向穆秀珍使了一個眼色，穆秀珍自纜繩後面跳了出來。

穆秀珍在纜繩後面跳了出來之後，在甲板上打了一個滾，滾到了一個昏了過去的水手身邊，雙手抓住了那水手的身子，倏地向前拋了出去。

就在那水手的身子，「砰」地一聲，跌進船艙中去的時候，穆秀珍早已旋風也似地捲了進去，她一躍進船艙，「颼」地一聲，一柄飛刀便向她疾飛了過來。

穆秀珍連忙一低頭，那柄飛刀在她的頭頂疾掠而過，穆秀珍的身子再向前撲去，一個大漢，就是射出飛刀的那個，揮拳向前擊來。

可是，那大漢的出拳已經慢了，穆秀珍的拳頭先他一步發出，深深地陷進了他的肚子中，他的身子猛地彎了下來。

而當他的身子彎下來之際，穆秀珍的一掌，已然重重地擊中了他的後頸，那大漢像一堆爛泥也似地向穆秀珍倒來。

穆秀珍托住了他的胸口猛然向上一抬，抬得那大漢的身子猛地向後倒了下去，恰好撞在另一個大漢的身上，令得那大漢向後跌出了一步。

而穆秀珍已然生龍活虎地跳了上去，一掌劈下，那大漢也歪倒在一起，這時，船艙中只有那個正在駕駛快艇的人了。

那人一手把著駕駛盤，一面大叫道：「別碰我，要不然快艇碰到了岸，就同歸於盡了！」

穆秀珍來到他的背後，猛地一伸手，拉住了他的頭髮，將他的頭拉得向後直仰了下來，那人的雙手猛地扭轉駕駛盤，飛速行進中的快艇突然轉向，向河岸衝了過去。

穆秀珍左掌疾落而下，正砍在那人頸際的軟骨上，那傢伙捱了一掌，雙眼翻白，不能再動彈了。

穆秀珍聽到甲板上雲四風和那人的大叫聲，快艇離水泥的河堤已只有十來呎了，穆秀珍撲向前去，陡地扭轉了駕駛盤。

快艇發出了驚心動魄的「撲撲」聲，一個急轉彎，激起了至少有六七碼高的水柱，濺到了岸上，但快艇卻已向河中心駛去了。

穆秀珍在艙中大叫道：「四風，快艇是我們的了！」

雲四風在那不到兩分鐘的時間中，一顆心像是隨時可以從口中跳出來一樣，直到聽到了穆秀珍的大叫聲，他才鬆了一口氣。

他忙回答道：「找一個冷靜的地方停下來！」

「ＯＫ！」穆秀珍得意地回答著。

快艇依然在向前駛去，但駛出不到六分鐘，到了前面的一個河灣，穆秀珍減慢快艇的速度，不多久，快艇便已泊在河灣邊上了。

穆秀珍出了船艙，那個快艇的負責人已在雲四風的指押之下，開始向岸上跳去了。

穆秀珍和雲四風也跳上了岸，三個人沿岸走出了一百來碼，在河邊的一張長凳之上坐了下來，雲四風冷冷地道：「好了，你原來想將我們帶到什麼地方去？」

那傢伙十分倔強，居然並不出聲。

雲四風冷笑一聲，道：「好，你可以不說，我等你半分鐘，如果你再不回答我的問題，那麼，你的頸骨將會斷折，明天，你的屍身會在下游被撈起送入公眾殮房，等候你的家人來辨認了！」

那人的身子震了一震，仍然不出聲。

但是，他的沉默只不過保持了十秒鐘，他便忙不迭地喘著氣，道：「我奉命將你們送到前面一個有紅藍兩色的釣魚小屋中去。」

「我們到了那裡之後又怎樣？」

「那我不知道，我真的不知道。」

「你是ＫＩＤ組織中的人，是不是？你們的總部在什麼地方？」雲四風發出一連串的問題，逼問著那個已滿頭大汗的傢伙。

那傢伙道：「我不知道，我不知道什麼ＫＩＤ，我只是接受鄧爾先生的命令，我真的什麼也不知道，我只是一個小嘍囉！」

雲四風不禁十分失望，本來他以為在那傢伙的口中，可以套出一些消息來的，可是卻一點也沒有結果。早知道這樣的話，還不如不要動手，任由他們解押更佳了！

他和穆秀珍互望了一眼，穆秀珍已然一掌拍向那人的後頸，那人垂下了頭，坐在長椅之上，看來像是他正在瞌睡一樣。

而雲四風和穆秀珍兩人，則立時站了起來，向河下游走去，他們走出了幾步，雲四風沉聲道：「秀珍，我們要去找那個釣魚屋。」

穆秀珍點了點頭。

雲四風又道：「ＫＩＤ是一個極其嚴密的組織，找到了那個釣魚屋，只怕仍然要經過許多曲折，我們才能夠到達總部！」

穆秀珍在那剎間，覺得自己和雲四風之間的關係近了許多，她點了點頭，道：「不怕，不論它們有多少聯絡站，我們一個一個打過去！」

穆秀珍豪氣干雲的話，令得雲四風也爽朗地笑了起來。

他們沿河走出了沒有多久，便看到一輛停在路邊的車子，他們打開車門，駕車駛向前去，駛出了兩哩左右，他們便看到了那間釣魚屋，那屋子漆著紅、藍兩色，十分容易辨認。

那屋子很小，向岸的一邊，是一個鋪面，出售釣魚用具，向河的一邊，則是石階，石階下泊著許多小艇，那自然是給人垂釣的。

在鋪面中，一個金髮女郎正拿著一根釣桿在給一個禿頂的中年男子看，而那禿頂男子卻有點心不在焉，眼睛只在金髮女郎低領衫的領口中打轉。

雲四風將車子停在斜對面，看了片刻，蹙起了雙眉，道：「就是這裡？難道那金髮女郎就是ＫＩＤ組織中的一員麼？」

穆秀珍叫道：「為什麼不可以？我們走過去看看。」

他們兩人下了車，那時，那禿頂男子已買下了那釣桿，一面離開鋪子，一面仍然不斷回頭去打量那個守在鋪面中的金髮女郎。

由於那禿頂男子幾乎是瞧著後面來走路的緣故，因此雲四風和穆秀珍兩人來到了他的身前，他也渾然不知，穆秀珍正想大聲喝他一下，嚇他一大跳間，那禿頂男子的右手突然一揮，「刷」地一聲，他釣桿之上的釣絲陡地揮出。

那禿頂男子的手法，奇妙到了極點，一揮出了釣絲，他的身子便向後疾退出去，而他揮出的釣絲，也在剎那之間，在穆秀珍和雲四風兩人的身上接連地箍了幾下，將兩人的手背一起箍住，兩人竭力掙扎，但是那鉤絲顯然是特製的，怎樣掙也掙不斷。

穆秀珍和雲四風兩人，不約而同向前躍出，穆秀珍揚腳便踢，可是那禿頂男子用力一拉釣桿，穆秀珍一個站不穩，跌倒在地。

這時候，那金髮女郎也以極高的速度，自鋪中奔了出來，她的手中拿著一個鐵罐，她一奔到了近前，一按鐵罐上的掣，一陣噴霧向雲四風和穆秀珍罩了下來。

穆秀珍的手在地上一按，剛待站起來，那一蓬噴霧便已然迎頭噴下，穆秀珍只覺得一陣昏眩，只叫了一聲：「四風！」便又跌了下去。

在她再度跌倒在地之後，她已經沒有知覺了，她最後感到的是，雲四風也向下倒了下來，以及那禿頂男子異樣的笑聲。

木蘭花一個人在那房間中，來回地踱了幾步才坐下。

她知道自己是身在「ＫＩＤ」組織的總部之中的了，問題在於她有什麼辦法可以見到核心小組的成員，見到了之後，她又該採取什麼方法來消滅他們，從而瓦解整個組織。

她等了好久，才聽得門外傳來一陣腳步聲，木蘭花仍然維持著一個十分美妙的姿勢，坐在沙發上，不一會，房門便被推了開來。

木蘭花不高興地道：「怎麼一回事？進來之前可以不必敲門，這算是什麼禮貌？」她轉過頭去，看到進來的是兩個人。那兩個人都穿著白色的長袍，如同醫生一樣。他們其中一個的手中，則指著一個如同吸塵器也似的長管。那長管和一具儀器相連。

而那具儀器，這時正發出「居居」的聲響來。

木蘭花陡地一呆，馬上她想起，那儀器分明是一具無線電波探測器，而這種「居居」聲，正是儀器測到了無線電波之後所發出的聲響，令得她的心中陡地一驚間，那兩人已退了出去。

緊接著，只聽得屋角處傳來了一陣乾咳聲，一個聽來木然而毫無表情的聲音道：「好了，木蘭花小姐，你的表演至此完結了。」

木蘭花在那一剎間，心中已作出了決定。她作出的決定是：鎮定，必須維持極度的鎮定！

是以她尖聲道：「這是怎麼一回事？我還沒有開始，怎說我已經完結了？你們感到我不能冒充那個木蘭花麼？我看過她的照片，我和她沒有什麼不同。」

那聲音又道：「小姐，不必多說什麼了，你就是木蘭花。你以為這種技倆，可以騙得過我們，那你未免太天真了。」

木蘭花呆呆地聽著，然後，她放肆地大笑了起來，道：「太妙了！太妙了！溫先生說我一定可以成功的，果然我成功了。」

那聲音有些憤怒，道：「你成功了什麼？」

「你們以為我就是木蘭花，這不就是我成功了麼？」

「哈哈，」那聲音也陰森地笑了起來，「如果你是什麼蘇珊小姐，那麼你手中的這枚指環，又是怎麼一回事，我們倒願意聽聽！」

「那枚指環？」木蘭花揚起了手來，「那枚指環有什麼不對，那是一個並不十分相熟的朋友，在我動身之前送給我的，這位朋友就是介紹我和溫先生認識的那個。」

事實上，當然是根本沒有「這位朋友」的，但木蘭花卻不得不如此說，以證明她自己的無辜，她還補充了一句，道：「樣式很不錯，是不是？」

那聲音沉聲道：「那麼，請你將這枚戒指給我們。」

一聽得這句話，木蘭花不能不躊躇了。她自然知道，那枚戒指是無線電波發射儀，而根據這枚戒指發射出來的電波，雲四風和穆秀珍則會知道她的所在。

剛才，木蘭花那樣說法，是想在對方的心中造成一個印象！那是另外有人想知道她的動向，所以才將這戒指送給她的。

這時，如果她毫不猶豫地答應將這枚戒指交給對方，那麼她自己或許可以暫時過關了，但是對方得到了這枚戒指之後，去做什麼用呢！

毫無疑問，一定是用來引誘跟蹤而來的人，再從跟蹤而來的人身上，偵知她的身分，那也就是說，雲四風和穆秀珍將要遭到極大的麻煩，甚或有殺身之禍。

用雲四風和穆秀珍兩人的危險來換取自己的安全，這種事，當然不是木蘭花會做的，她乾笑著，道：「有這個必要麼？」

那聲音道：「這是我的命令，而在這裡，我的命令是一定要實行的，將你手上的戒指除下來，我不會再重複第三次的了。」

木蘭花將那枚戒指慢慢地除了下來。

在她將戒指除下來的時候，她已然打定了主意，是以她的手一鬆，那枚戒指「啪」地一聲，跌到了地上。

木蘭花「啊呀」一聲，剛待裝成不經意向戒指踏下去，好令戒指損壞，不能再發出電波之際，房門突然打開，一個人厲聲喝道：「別動！」

緊接著，便是「砰砰砰砰」四下槍響。

射出那四槍的人，一定是一個一等一的射手。隨著那四下槍響，木蘭花舉起的腳，再也沒有法子向下踏得下去了！

因為，那四下槍響過後，在那枚戒指的旁邊，出現了四個圓洞，那四個圓洞離戒指只不過半吋，如果木蘭花剛才不是立即停止的話，那麼，這四個圓洞，這時一定是在她的腳背上，而不是在地板上了！

緊接著，一個人向前大踏步地走了過來，他直逼到了木蘭花的前面，他的右手持著槍，左手護在槍的上面，姿勢十分怪異。

這種怪異的持槍姿勢當然是有作用的，至少它使像木蘭花那樣的高手，一時之間也不知道如何著手去搶奪他手中的槍。

他來到了木蘭花的面前，一腳將那枚戒指踢開，由另一個人將戒指拾走，然後，他一停也不停，立時向後退了出去。

6 是真是假

那人進退之間，身形敏捷到了極點，他又穿著一身黑衣，簡直就像是一頭黑豹一樣——當木蘭花想到了這一點時，她的心中陡地一動！

毫無疑問，那便是「黑豹」！

「黑豹」是一個第一流殺手的外號，關於這個殺手，外間知道得極少，只知道他頭腦靈敏，身手矯捷，手段殘忍。

他的暗殺本領，是不在溫先生之下的，溫先生是「ＫＩＤ」中的第一號殺手，那麼，「黑豹」當然是第二號殺手了。

看他倏出倏入的情形，當然是被奉派來監視自己的了！木蘭花想到這裡，心中不禁增多了一分憂慮。

從剛才「黑豹」竟能在不到十分之一秒鐘的時間內，阻止她將那枚戒指踏壞的情形來看，毫無疑問，他是憑藉電視設備在監視著自己的。

在那樣一個厲害人物的監視之下，自己的身分若是被對方肯定了之後，逃脫的希望是多少呢？木蘭花不得不考慮這個問題了。

她一面心中考慮，一面卻仍然要「作戲」，她怪聲叫了起來，道：「這算什麼？我受不了，快告訴溫先生，我要回去了！」

那聲音「桀桀」地笑了起來，道：「你想回去？可是你的計劃已經失敗了麼？」

「我不明白你在講些什麼？溫先生呢？他在什麼地方？」木蘭花拿起好幾件物件來，在地上用力地摔著，「我要見他！」

那聲音道：「你必須安靜些，我們正在設法審查你的身分，當你的身分被確定了之後，我們自然會對你有合理的待遇的。」

木蘭花「嘩啦」一聲又摔破了一只花瓶，然後，往沙發上一倒道：「見你的鬼，什麼合理的待遇？溫先生說我可以有大量的錢，現在我有什麼？」

木蘭花用那種粗野的話罵了起來，罵溫先生騙了她，又罵這裡的人將她關了起來，她連續不斷地罵了足有半小時之久！

在那半小時之中，她未曾聽到那聲音。

而在足足罵了半小時之後，她也實在疲倦了，她氣呼呼地躺了下來，自管自睡著了。

木蘭花是真的睡著，而不是假的。

剛才用粗野的話來詈罵，和這時的熟睡，這都是木蘭花的過人之處，她竭力使自己記得自己是假的木蘭花，是什麼也不怕的。而且，她也根本不打算反抗或是脫逃，她必須養足精神，是以她將一切焦慮煩惱全都拋開，真的睡著了。

當她睡著的時候，門又打開，兩個人了無聲息地走了進來，其中一個，將一個錄音的裝置放在她的鼻端，記錄著她呼吸的長短。

分別真的睡著了還是假睡的最好辦法，便是記錄呼吸的時間，若是真的熟睡，呼吸的間隔是一定的，但是裝睡，那就長短不一。

那兩個人在房中停留了三分鐘，便悄悄地退了出去。

而在他們兩人退出去之後，決策小組所在的那間光線暗紅的房間中，便收到了報告：「她是真的睡著了，已經檢驗證明。」

那時，在決策小組的房間中，一具二十七吋螢光幕的電視機上，正現出木蘭花熟睡的姿態，那三個人全都望著這具電視。

左首的那個，按下了一個掣，道：「那枚戒指發生了作用沒有？可有人上鉤？」

「有，一男一女兩人，女的已證明是穆秀珍，男的卻不是高翔，但身手也十分了得，他們擊敗了第一轉運站的人，但在第二轉運站被擒，如今已交到第六轉運站手上，馬上就可以來到總部了，這個男子的身手十分了得，但來歷不詳。」

「嘎！」坐在正中的那個，猛地在桌上拍了一下，「那還不是木蘭花麼？她想引那兩人來到我們的總部，這絕無疑問了！」

左邊和右邊的兩個人都不接口。

過了片刻，左邊的那個才道：「可是，第一號卻說明了她的身分是蘇珊，難道第一號——」

「不相信任何人！」中間的那個咆哮了起來，「不相信任何人，這是我們用人的原則，第一號加入組織的時間雖久，怎知他一定可靠。」

右面的那個開了口，他的聲音聽來不怎麼愉快，他道：「那樣說來，我們根本沒有人可用了，而且，木蘭花的確死了。」

中間的那個人厲聲斥責道：「你怎麼知道木蘭花死了？」

「我們情報組搜集的一切資料——」

「別太天真了，」中間那個人打斷了他的話頭，「有誰看到了木蘭花的屍體沒有？一方面偷偷放出木蘭花已死的空氣，一面又由真的木蘭花假扮木蘭花，來混入我們的組織，這種技倆，怎瞞得過聰明的人，我要不客氣地說，你們兩人太笨了！」

那兩個人的身子，震了一震。

坐在中間的那個人，在三人決策小組之中，當然是以他的地位最高，但是他這樣子毫不留情地責罵另外兩人，卻也使他們有點受不了。

他們身子一震之後，右邊的那個冷冷地道：「那麼，我們要不要向整個組織宣布，第一號殺手已然叛變，而且他沒有完成殺木蘭花的任務呢？」

中間的那個厲聲道：「你們是對我的判斷不服，是不是？哼，從快要帶到的兩個人的口中，你們很快就可以知道那女人究竟是誰了！」

爭論到這裡暫時停了下來。

在三人決策小組中，是很少出現這種激烈的爭論的，是以在靜了下來之後，空氣顯得十分尷尬，幸而手下的報告打破了僵局。

傳音機中傳來的報告是：穆秀珍和那個男子已然到達總部，在第七室，那男子的身分，也已查明，他是一個極著名的工業家，叫雲四風。

中間的那個人按下一個掣，另一幅電視螢光幕亮了起來，不到半分鐘，雙手被鎖在椅子上的穆秀珍和雲四風便已出現在螢光幕上了！

穆秀珍柳眉倒豎，怒不可抑，但雲四風卻還十分鎮定。

他們是在一個汽車車廂中醒轉來的，醒轉之後不久，便被帶出車廂，由升降機來到了這間房間中。

到了這間房間，他們手銬的另一端，便被扣在一張椅子上，而那張椅子，則是固定在地上的，穆秀珍正在用力地掙著。

可是，穆秀珍的掙扎卻一點作用也沒有，因為不論是那手銬，還是那張椅子，都是極其堅固的。

雲四風低聲道：「秀珍，你先坐下再說。」

穆秀珍又氣又惱，道：「坐下又怎樣？」

雲四風還未曾再說什麼，屋角處便突然傳來了一個清晰的聲音，道：「坐下，然後回答我提出的問題，穆秀珍小姐！」

穆秀珍和雲四風一聽到那聲音，便陡地一呆，但他們隨即恢復了鎮定，他們既然落入了敵人的手中，那麼敵人方面要向他們盤問，那也是理所當然的事情了，穆秀珍首先發出了幾下冷笑聲來。

那聲音冷冷地道：「聽著，每一個問題，我們只問一次，如果你規避回答，那麼，你們兩人將同時受到我們的懲罰。」

那聲音講到這裡，略停了一停，又道：「對你們的懲罰是通電，你們手銬所連結的椅子，是可以接通電流的，而一接通電流之後，你們將會在五分鐘之內感到極度的痛苦，我希望你們的好奇心不要如此之強烈，以致想試一試這種痛苦究竟是什麼滋味。」

雲四風和穆秀珍兩人都不出聲。

他們早已注意到那張椅子的架子，全是不銹鋼的，看來可以通電的說法，也不是虛言恫嚇了。

雲四風這時心中感到難過的是，落在敵人手中的不是他一個人，而是連穆秀珍也在內。他竟沒有法子保護穆秀珍，這對他來說，實在是最大的痛苦。

那聲音冷笑了幾聲，又道：「第一個問題是：木蘭花可是死了，她是怎樣死的？」

雲四風心中正在想：這個問題應該如何回答才好呢？

可是，還不等雲四風想出一個結論來，穆秀珍已然大聲叫道：「做你的大頭春秋夢，我蘭花姐怎會死？你們別夢想——」

穆秀珍只求打擊對方，是以她根本未曾考慮到其他，只想對方知道木蘭花沒有死，好感到他們的失敗，可是在話講到了一半之後，她卻想到了！

她想到對方為什麼要這樣問她了！

如今，木蘭花在對方的手中，那乃是毫無疑問的事情，而對方仍要問她「木蘭花有沒有死」，那自然是木蘭花在隱瞞她真正的身分，而對方也未能確知之故，而她竟不加思索就這樣大聲地回答了對方，這豈不是害了木蘭花麼？

穆秀珍一想到這裡，非但下面的話再也講不下去，連面色也變了。

雲四風的心中也感到一陣抽搐，但是他卻沒有將譴責的眼光投給穆秀珍，錯已錯了，這時再去責備她，又有什麼用處？

穆秀珍面色蒼白，她勉強乾笑了一聲，道：「不，她已死了，我剛才的……」

她想糾正剛才的回答，但是她剛才的回答是如此肯定，如何糾正法？

這時候，只聽得那聲音「哈哈」地笑了起來，道：「我們明白，我們太明白你真正的答案了，你根本不必再補充什麼！」

在決策小組的房間中，發問和這時大笑的，正是坐在左邊的那個。

正中的那個沉聲道：「你笑什麼，她說木蘭花沒有死！」

那人止住了笑聲，道：「如果木蘭花沒有死，你想她在我們一問之下，就肯講出來麼？而她在講了出來之後，還想更正，這不是太天真了麼？」

中間那人道：「那麼你的判斷是——」

「穆秀珍是故意這樣說的，她的目的，是要我們相信木蘭花沒有死，所以我的判斷是，木蘭花已然死了，早已死了！」

右邊的那人同意道：「我的看法和他一樣。」

中間的那人也沉吟了起來。

他在想：這兩個人的看法是有道理的，如果木蘭花真的沒有死，他們又一定可以知道木蘭花已在自己的手中，當然要千方百計地說木蘭花已死，來使人相信那個女子不是木蘭花，焉有一上來便大聲叫木蘭花根本沒有死之理？

那分明是奸計！

穆秀珍失聲回答木蘭花沒有死，那完全是她豪爽口快的性格所使然，但是，在這充滿了奸詐的「ＫＩＤ」暗殺組織之中，講了真話，反倒沒有人相信。

那些自己永遠不講真話的傢伙，還會自作聰明地去分析一下，而得到完全相反的結論，這一點，倒是雲四風和穆秀珍兩人所想不到的。

他們兩人如果在聽到了這個問題之後，回答說木蘭花已然死了，那麼，決策小組的三人必然不信，而還要諸多盤問的。可是穆秀珍毫不猶豫地說木蘭花沒有死，這反使他們相信木蘭花已然死了！

中間的那人，在考慮了片刻之後，才道：「那麼，你們認為，他們兩人要我們相信木蘭花沒有死，有什麼作用？」

左邊的那人道：「照我看來，他們也一樣想利用那個蘇珊。木蘭花的死訊一直未曾正式公布，一正式公布，必然引起極大的波動，他們需要一個假的木蘭花去『闢謠』，希望給人一個印象，木蘭花沒有死，那麼一些膽小的『行家』，也就不敢放手大幹了。」

右邊的那人補充道：「蘇珊手上的那枚戒指，可能也是他們贈送的，我估計他們不知道蘇珊的行蹤，所以才用這個法子跟蹤她的。」

正中的那人暫不出聲。

他心中在急速地轉著念，從種種的跡象看來，那兩個人的分析十分有理，看來那個如今正在熟睡中的女子，並不是木蘭花。

他又想到，如果那不是木蘭花，而只是酷似木蘭花的另一個人，那麼，自己就可以利用她來做許多事情了，他的心中大是得意起來。

他發出了如同鴨子叫也似的笑聲，道：「看來這次，是你們的分析對，而我的分析錯了，我收回我剛才對你們的指責！」

那兩個人一起站了起來，道：「多謝閣下。」

中間的那人道：「由我再來問他們！」

他一面說，一面又按下了通話掣。

於是，雲四風和穆秀珍兩人聽到了另一個聲音，問道：「你們不必再費心機要我們相信木蘭花沒有死了，然後，回答我的問題。」

穆秀珍和雲四風兩人一聽，都不禁呆了。

那人的話，含意實在不是一時之間容易弄得明白的，他們在剎那間都想到了同一個可能：木蘭花已然遭了他們的毒手了！如果不是這樣，對方為什麼深信木蘭花已死了呢？

他們兩人的面色都變得十分蒼白，他們面上那種驚駭之極的神情，也是自然而然，任何人都看得出不可能是假裝的。

那卻更加了決策小組三人對他們錯誤判斷的信心，他們以為穆秀珍和雲四風是因為講相反的話，被自己這方面揭穿，所以感到沮喪！

正中那人「哈哈」笑了起來，道：「你們想利用蘇珊，是不是？你們利用蘇珊的計劃如何，可以講給我們聽一聽麼？」

等到這兩句話，傳到了囚禁雲、穆兩人的房間之中，雲四風首先一喜，而穆秀珍究竟也是極其聰明的人，他們幾乎在同時想到了那是怎麼一回事了！

穆秀珍的心中更是如同放下了一塊千斤重石一樣，輕鬆得像是可以飛了起來一樣，她明白自己失聲講出的那句話，對方竟全然不信！

他們兩人互望了一眼，雲四風已然道：「我不明白你們在說什麼，什麼叫利用蘇珊？蘇珊是什麼人？我們是來找木蘭花的！」

左邊的那人湊近身子去，低聲道：「他堅持要我們相信那是木蘭花，那是他們知道自己無法利用她，是以也不希望我們可以利用她，而想借我們的手將之除去。」

正中的那人點了點頭，他又啞聲笑著，道：「雲先生，你的手段不夠高明，謝謝你們，替我們證明了蘇珊小姐的身分。」

當雲四風和穆秀珍聽到那句話的時候，他們心中的高興，實在是難以形容的。這話不但證明木蘭花沒有事，而且，他們已相信了木蘭花的假身分！

雖然他們自己還一點也沒有逃脫的希望，但是他們想及木蘭花暫時可以安全時，他們心中的高興，自然是不言可喻的。

但是他們卻不敢有高興的表示，穆秀珍實在想「哈哈」大笑，她不得不緊緊地咬著下唇，才能忍住了笑，以致她的臉上出現了怪相，看來像是想哭一樣。

這時候，木蘭花也醒了。

木蘭花並不是自己醒的，而是被門上重重的敲擊聲驚醒的。

她一翻身，坐了起來，掠了掠頭髮，雖然從熟睡中醒來，但是她立即明白了她的處境和她所要維持的身分，她大聲罵道：「他媽的，要進來便進來，這不是你們的地方麼？」

門打開了，進來的是「黑豹」。

在「黑豹」的身後，還跟著兩名漢子。

木蘭花懶洋洋地望了他一眼，道：「什麼事？可是又想來表現你的神槍麼？請啊。」

「起來！」黑豹沉聲說，「跟我來。」

木蘭花挺著腰，老大不願意地站了起來。

她自然知道自己在這裡的一舉一動，對方通過電視傳真系統，是一定可以在另一個地方看得到的，是以她必須裝得更像。

當她在「黑豹」的身邊走過時，她出其不意地轉過頭，在「黑豹」的臉上「嘖」地親了一下，道：「我喜歡像你這樣有男子氣概的人。」

「黑豹」伸手在木蘭花的肩頭一推，將木蘭花推了開去。木蘭花這一下做作，十分有用，決策小組的房間中，那三個人一起笑了起來。

他們雖然沒有說什麼，但是他們的笑聲，都表示了他們心中所想的是一樣的，那便是：他們已肯定了那不是木蘭花。因為木蘭花剛才的行動是如此之輕佻，這和他們作過詳細研究的木蘭花截然不同！

不是木蘭花，那自然是蘇珊了！

「黑豹」走出了門口，木蘭花跟在他的後面，那兩個大漢又跟在木蘭花的後面。木蘭花笑了起來，道：「我像是女皇了，像不像？」

「黑豹」只是悶哼了一聲，木蘭花卻不斷地在逗他講話。

不一會，他們已來到了一座升降機的面前，等升降機的門打開了，才走進去。升降機向下落去，半分鐘之後，重又停住，他們走出升降機，只見一個身形高大的人，坐在一扇門前，一見有人來，便站了起來。

他站起身來之後，也不說什麼，只是轉過身去，對著一個傳音器，叫道：「開始。」然後，他的手就在那有著許多小方格的門上，熟練地按動了起來。

他的手法是如此之純熟，手指的運動速度之快，令得人眼花撩亂。

木蘭花心中陡地一動，她立時想到：那是一扇電子門！

她心頭突突地跳了起來。

那扇電子門開啟的方式如此複雜，那麼由此可知，在電子門之後的，一定是一個極其重要的所在了，會不會就是決策小組的所在地呢？

如果是的話，那麼便是決策小組要召見自己了，不知決策小組召見自己，究竟是為了什麼？木蘭花心中，急速地轉著念。

一分鐘之後，電子門緩緩地打了開來。

「黑豹」側身讓開，道：「進去。」

木蘭花笑道：「你呢？你不來麼？」

「黑豹」悶哼了一聲，木蘭花的這一問，實在大大地傷了他的自尊心。他在「ＫＩＤ」中，雖然已是第二號殺手了，但是蒙決策小組之召，進電子門去會見的殊榮，卻還未曾輪到他的身上，而才一來到的木蘭花卻已有這種非常的待遇了！是以他立時轉過身去，又喝道：「進去！」

木蘭花聳了聳肩，向前走出了一步，跨進了電子門。

她才一跨進電子門，不禁呆住了。

一時之間，她幾乎疑心自己眼花了，因為在電子門內，她看到了一個和門外一模一樣的人，而剛才又只是她一個人走進來的，她連忙又回頭向門外看去。

她看到了兩個一模一樣的人，那是除了「同卵孿生」之外，絕不可能有的孿生子。而木蘭花也立即明白了這兩個人在守衛電子門的作用了。

這樣的孿生子，心靈是相通的，他們的動作一致，換句話說，要打開這扇電子門，必須在門內和門外同時有人動手，而且必須動手的人，動作完全一致！

那麼，這扇電子門，可以說是除了這一雙孿生子之外，再也沒有人打得開的了。木蘭花的心中，不禁又沉重了起來。

她曾經破獲過不少匪徒組織，匪徒組織的總部之中，有的豪華絕倫，有的機關密布，但是像這樣的一扇電子門，她卻還是第一次見到。

由此可知，「ＫＩＤ」是與眾不同的。那麼，以她一個人的力量，是不是能夠和他們作戰，並且取得勝利呢？

木蘭花這樣想的時候，她幾乎要苦笑起來了。

但木蘭花知道她這時候，是不能苦笑出來的，她向著那兩個人，作了一個感應奇妙的神情，道：「上帝確然是萬能的，是麼？」

她向前走去，腳下柔軟的地氈，一點聲音也沒有，然而，當她來到了一扇門前之際，那扇門卻自動地了打開來。

木蘭花只覺得她的面前一片暗紅，她看到了一張長桌，長桌的一端，坐著三個人，但是那三個人的面前，卻有東西遮著。

她終於見到決策小組的三個人了！

她深深吸了一口氣，道：「喂，你們在玩什麼把戲？」

正中的那個人沉聲道：「請坐，你可以坐在我的對面，蘇珊小姐，我們有許多事情需要商量，你必須和我們合作才好。」

木蘭花呆了一呆，然後撇了撇嘴，道：「你們叫我蘇珊麼？我是木蘭花，我，是世界知名的女黑俠，木蘭花！」

木蘭花走到了長桌的另一端，站定了身子，挺起了胸，神氣活現地講著，那三個人靜靜地望著她，正中那人忽然笑了起來。

木蘭花聳了聳肩，道：「怎麼樣，你們看我可還像麼？溫先生告訴我的，他說我可以完全冒充那個木蘭花，你們看到麼？」

正中那個人道：「行的，但是木蘭花卻是大家閨秀。」

木蘭花圓睜著雙眼，道：「那麼，你說我是什麼？你以為我是下賤的女人麼？我要你向我道歉，我絕不是來給你侮辱的。」

正中那人「哈哈」大笑了起來，道：「誰也沒有說你是下賤的女人，但是你的行為卻太潑辣……輕佻了些，如果你想加入我們，你不能這樣，必須成為真正的木蘭花。」

木蘭花表示不明白，她搖著頭，道：「我不明白你什麼意思，我不是和木蘭花十分相似了麼？我還有什麼不對頭的地方？」

正中那人沉聲道：「你必須聽我說，你，將是我們業務擴展的重要一環，你回到你來的地方去，由溫先生領導你，你要完全將自己當作木蘭花。」

「然後怎樣？」

「你在各種公共場合，以女黑俠木蘭花的身分出現，你當然要接受許多記者的訪問，但是你只能微笑不語……這一切細節，溫先生都會告訴你的，我們已召他前來，他到了之後，你就可以和他一起回去了，你可以成為我們中的一員。」

木蘭花全神貫注地聽著，然後道：「我的待遇如何？」

正中那人「哈哈」地大笑了起來，道：「你的待遇是：隨便你用，你需要多少錢，就可以用多少錢，你可以任意地支取。」

木蘭花近乎不信地搖了搖頭，道：「那……不可能罷，如果我想要一輛汽車，像美國明星寶比達林的那輛一樣，車上是塗滿了鑽石粉的呢？」

坐在正中的那人一伸手，按下了一個掣，道：「通知採買組的人員，購買一輛和美國明星寶比達林一樣的一輛汽車，限一個月內完成。」

然後，他又道：「怎麼，你滿意了麼？」

7 三張面具

木蘭花高興地尖叫了起來，本來她是坐著的，這時，她跳了起來，跳到了桌子上，用力地跳著舞，她跳近那三個人坐的一端。

這時候，她心中的緊張，和她表面上看來的那種輕鬆歡樂，成了一個極強烈的對比，她漸漸地接近ＫＩＤ組織決策小組的三個人。

這可以說是自從「ＫＩＤ」組織成立以來，從來也沒有過的事。即使對他們最親信的部下，他們三人也必定得保持著一定的距離。

但這時，木蘭花越跳越接近他們，一面還在肆無忌憚地叫著，由於她是站在桌子上的緣故，她居高臨下，已可以看到那個一直躲在鋼板後面那個坐在正中的人了。

她首先看到一個肥大的禿頂，接著，便看到了一張肥肉打摺的臉。

當木蘭花一看到那張臉之際，她怔了一怔，這個人實在太胖了，胖得有點不正常。

這時，他們三個人看來都沒有對她有絲毫疑心，這應該是下手的最好機會了！

錯過了這次，她可能永遠沒有下手的機會了！

她猛地跨出了一步，來到了正中那人之前，伏在鋼板之上，喘了口氣，道：「你認為我跳得怎樣？我相信木蘭花一定沒有跳得那麼好。」

那人的面上一點表情也沒有，只聽得他道：「你離得我太近了，而且，你看到了我的臉，這，在我們組織上的條規而言，是絕不可以的。」

木蘭花笑了起來，她疾伸出手去，在那胖子的臉上碰了一下，道：「蜜糖，別那麼緊張，給人看一看，有什麼關係，你又不是阿拉伯公主。」

她的手指在碰到那胖子的臉部之際，她的手指甲中，有一枚尖刺突了出來，在那胖子的臉頰之上，輕輕刺了一下。

那一下刺中了那胖子，據木蘭花的估計，那胖子一定是會怪叫起來的，而木蘭花也已作好了準備，只要胖子一叫，她的身子便立時向左撲去，先將左邊的那個人擊倒，然後再對付右邊的那個人。

可是，出乎她意料之外的，她一針刺了上去，那胖子卻一點也沒有出聲，木蘭花心中一呆，暗忖難道他是太胖了，是以沒有了感覺。

她繼續地笑著，直起了身子，旋轉了一下，然後，跳了下來，來到左邊的那一個人的身邊，一伸手背，勾向那人的頭頸。

這一下，看來像是她和那人在調情一樣，但實際上，卻是十分致命的一招，她可以用力一勒得那人氣絕而亡的。

但是她這裡才伸出手背去，那人的身子便突然向下一滑，滑到了桌子底下，木蘭花一怔，她知道事情不妙了，連忙向後退去。

她才一退，正中的那個胖子已然霍地站了起來，他的聲音尖利得駭人，只聽得他怒吼道：「你的把戲真的要完了，木蘭花小姐。」

木蘭花不知道自己指尖中伸出的毒針出了什麼毛病，這種淬有劇毒的毒針，一刺中了人，是能夠在三秒鐘之內致人死命的！可是那胖子卻若無其事地站了起來，而且還發出了厲吼，喝住了她。

木蘭花未到最後崩潰之前，仍然維持著鎮定，她又道：「怎麼一回事？究竟是怎麼一回事？忽然之間為什麼又變卦了？」

那胖子怪聲笑了起來，在暗紅色的光線之下，木蘭花看得十分清楚，那胖子在笑的時候，面上的肌肉仍是一動不動的。

剎那間，木蘭花明白了。那傢伙並不是一個胖得滿臉皆是肥肉的胖子，而是他的臉上，戴了一個橡皮面具！而自己的毒針，正刺在他的橡皮面具之上！

毒針顯然並未曾刺穿他的橡皮面具，要不然他也早已死了，然而，他卻已感到了毒針的一刺，在那樣的情形之下，還有什麼話好說？

她失敗了，徹底地失敗了！

木蘭花的臉色，變得異常蒼白，在暗紅色的光線之下看來，更顯得十分異樣。她呆在桌旁，一動也不動，心中只是苦笑。

那「胖子」伸手，慢慢地從臉上揭下那個橡皮面具來，他的本來面目，是一個十分端正的中年男子，他望著木蘭花，不斷地冷笑著。

然後，他點著頭，道：「木蘭花小姐，我太佩服你了，我是衷心佩服你，真的，衷心的佩服，你實在太出色了，太出色了！」

他幾乎每一句話，都重複地說了兩遍，這表示他對木蘭花的確是真正的佩服。

事情急轉直下，在一分鐘之前，還是對木蘭花極度有利的，但是在一分鐘之後，便已對她極度不利，這令得木蘭花啼笑皆非！

而且，在如今這樣的情形之下，再堅持她自己是「蘇珊」，那實在是一件一點意義也沒有的事情了，她苦笑了一下，道：「你是在諷刺我，是不是？」

「絕對不是，請相信我對你的欽佩。」

「可是我失敗了！」

「那完全是一種意外，就像第一號未能將你殺死一樣，木蘭花小姐，對你來說，不幸的是我防範得實在太嚴密了，但是成功的仍是你，因為我居然被你騙倒了，以為你真是什麼蘇珊，還要叫你去假冒木蘭花，哈哈，這事情若是傳出來，那太可笑了。」

木蘭花深深地吸了一口氣，她感到了最後這句話的嚴重性。他不希望這件可笑的事傳出去，那麼，他將怎樣對付自己呢？

木蘭花望著前面，兩支槍齊齊地對準著她。

她簡直是連動一動也不可能！因為眼前的情形，是如此之凶險，如果她動一動的話，那麼對方會毫不猶豫地便將她槍殺的，她不能自己去送死，她只是凝立著不動。

那人又嘆了一口氣，道：「你們現在也該明白，木蘭花是如何出類拔萃的一個人了，是不是？唉，我們實在及不上她。」

那兩人苦笑著道：「及不上她的是我們，你已經想到過她是木蘭花的。」

「是，但是我卻被你們說服了，這是用生命作代價換來的教訓，兩位，如果不是我面上有面具，那麼我已死了，你也死了，他，已被她制住了！」

那兩人齊聲道：「是，首領！」

那人又嘆了一聲，道：「木蘭花小姐，你實在太了不起了，以致我無法不除去你，但是，也對必除去你一事，感到歉意！」

他一面說，一面一翻手，手上已多了一柄形狀十分奇特的槍。

那柄槍的槍身十分小，但是槍口卻十分長，他掣槍在手，先向槍口處吹了一口氣。然後，他慢慢地舉起槍來。木蘭花仍然凝立著。

這是真正生死俄頃的一剎那！

別以為木蘭花只是木然站著，她其實心中是急速地在想著對策，她望著那支槍，沉聲道：「我打賭自你槍中射出來的，不是普通的子彈。」

那人點頭道：「是的，是一種毒針，射中人之後，使中針的人在不覺得痛苦的情形之下死去，那和你剛才要殺我的武器是相同的。」

木蘭花吸了一口氣，道：「我有一個問題。」

「可以，你可以問。」

「為什麼剛才我一刺中了你，連他也知道了，以致我一伸手，並未能勾住他的頭頸呢？」木蘭花伸手向左邊的那人，指了一指。

「這太簡單了，我在桌下踢了他一腳！」

他們三個人，一起大笑起來。

木蘭花聽到了他們三人的笑聲，心中一陣陣狂跳，他們三人的笑聲，就像是古代死刑將要執行之前的那一陣鼓聲一樣，在宣告著她生命的結束！

她是不能避免被殺的命運了，但是她難道就這樣束手就戮麼？她的身上並沒有被加上任何束縛，她還是可以反抗的。反正難免一死，那當然要盡力反抗！

木蘭花心念電轉，她的雙手已然因為冷汗而變得十分潮濕，在他們三人的大笑聲中，木蘭花也突然「哈哈」地大笑了起來！

木蘭花的笑聲如此之響亮，以致「ＫＩＤ」決策小組的三個首腦陡地一呆，一起停了笑聲，而用奇怪的眼光望定了她。

而就在那幾乎只有十分之一秒的時間中，木蘭花的身形突然一矮，木蘭花的動作快，她的對頭的動作也絕不慢！

木蘭花身形一矮之際，「嗶」地一聲響，自那柄奇形的槍中，一支毒針已然射了出來，發射毒針和木蘭花的身形陡矮，幾乎是同時發生的事，木蘭花的身子，在剎那間矮了兩吋，是以那支毒針並沒有射中木蘭花的身子，而是插進了木蘭花的頭髮中。

木蘭花一停也不停，身子一挺，便已然進了那張桌子下面，她一進了桌子之下，又迅速地穿過長桌，到了桌子的另一面。

在這不到三秒鐘的動作中，又有三支毒針射出。

但是那三枚毒針，卻都未曾中的。木蘭花身形疾轉，已然到了一張椅子之後。

她一到了椅子之後，便總算暫時有了掩蔽，她一伸手，取下了頭箍來，在一個按鈕上連按了三下，三粒小型的子彈激射而出！

當她在椅子後面躲起來之際，那決策小組的三人也各自散了開來，躲到了椅背之後，是以木蘭花是不可能射到他們的。

而木蘭花也不是射向他們三人，自她「髮箍」中發射出來的那三粒只有米粒大小，但是卻可以引起相當猛烈炸力的子彈，是射向隱藏在天花板上，那三盞發出暗紅色光芒的大燈的。

「砰砰砰」三響過處，眼前突然黑了下來，黑得什麼也看不見了。

隨著大燈的碎裂，有一陣碎玻璃跌下來的聲音。

在那樣漆黑的環境之中，誰出聲，誰就吃大虧了！

木蘭花在一發出三槍之後，立時悄沒聲地向旁跨出了一步，到了另一張椅子之旁，略伏了一伏，伸手摸到了桌子的邊緣。

然後，她手在桌邊上一按，人已躍上桌子去。

這時候，整間房間中，黑得什麼也看不到，一般人的心理，在這樣的情形下，總是找一個安全的地方躲了起來，但木蘭花卻想險中求生，她身在虎穴之中，是毫無安全可言的。只有在一種情形下，她才是安全的，那便是將敵人全數殲滅！

而她躍上了桌子，便處在有利的攻擊地位，不論敵人在哪一個角落發出聲響來，她都可以發動攻擊的，而且，敵人也不容易想到木蘭花竟會在桌上！

事實上，反正什麼也看不見，她在桌面上，也未必是不安全的。

木蘭花躍上了桌面，蹲在桌子之上，傾聽著，希望有輕微的聲音，落在她的耳中，那麼她就可以毫不猶豫地展開攻擊了。

在漆一樣的黑暗中，情勢反倒是對她有利的。

因為對方有三個人，而她只是一個人。對方中的任何一人聽到了聲響，心中定然要懷疑，聲響是不是自己人所發出來的。

在有著那種懷疑的情形下，定然是不會立時射擊的。

但是木蘭花就不同了，她只稍一聽得聲響，就立即可以知道發出聲音來的是敵人了！木蘭花的手指，按在「髮箍」的掣鈕上。

她的「髮箍」上，一共可以發射七粒米粒大小的子彈，她已用去了三粒，還剩下四粒，當然得小心使用才好，不然她便沒有抵抗的餘地了！

她蹲在桌子上，足足有五分鐘之久，尚未曾聽到任何聲音，這真使她疑心那三個人是不是還在這一間房間之中，還是在燈光一黑之際，就已經離開了！

但木蘭花卻可以知道，那三個人一定還在的。

木蘭花之所以如此肯定，是因為她來到這間房間的時候，曾經經過一扇那麼複雜的電子門，而如果居然還有別的道路的話，那麼這扇電子門還有什麼意義？

木蘭花既然肯定了這房間沒有別的通道，而房間的門又未曾被打開過，那麼三人還在房間中，自然也是可以肯定的事了。

那三人當然也是十分聰明的人，是以他們絕不出聲！

他們在房間中，但是他們在什麼地方呢？

他們可能就站在自己的面前，也可能大模大樣地坐在椅上，也可能縮在房間的一角，但自己是瞧不見他們的，因為房間中一點光線也沒有。

當然，那三人也看不到自己！這就要比比耐心了，看誰能更久不出聲！

木蘭花仍然蹲在桌上，又過了五分鐘，她的雙足略為移動了一下，卻不料她的腳一移動，便踏到一片落在桌面上的玻璃片。

一踏中了那玻璃片，便發出了「啪」地一聲輕響。

那一聲本來是十分輕微的，但是在如今這樣極度的寂靜之下，卻是刺耳之極，木蘭花心向下一沉，心頭狂跳了起來！

四個人之中，竟是她最先發出了聲響！

木蘭花在那一剎間，身子幾乎是近乎僵硬的！

也就在那一剎間，她突然覺出，有一隻手正向自己的手臂摸來！

那個人和她一樣，也蹲在桌子上，他自然也聽到了「啪」地一聲響，也知道了除他以外，桌子上還有另一個人，但是他卻不能肯定那是自己人還是敵人，所以他想要弄明白！

木蘭花心中又驚又喜，驚的是她和敵人蹲在一起，相距只怕不到兩呎，卻一直不知！喜的是這時，敵人自己暴露了目標！

木蘭花在那人的手指一觸及她的手臂之時，左手猛地翻了起來，五指如鉤，快疾無比地抓住了那人的手腕，身子也陡地站起，迅速地轉了一轉，那人發出了一下怪叫聲來，而在那人的怪叫聲中，木蘭花也早已將那人向桌下疾拋了下去！

她左手將那人摔出，右手同時按動了掣鈕！

「啪」地一聲，一溜暗紅色的光芒，像是有人拿著一根點著了的香，迅速地在黑暗之中揮過一樣。

那一點光芒，本來是微不足道的。可是在極度的黑暗之中，那一線一閃即逝的光芒，已然可以使人看清室內的一些情形了。

在一瞥之間，木蘭花只看到在門邊上站著一個人！

但一則由於她在發射了一槍之後，她自己的目標也大大地暴露了，她必須迅速地轉換她的位置。二則，那光亮的出沒時間實在太疾了，大約不會超過百分之一秒，她才看到了一條人影在門邊上，眼前立時又恢復了極度的黑暗。

木蘭花雙足一蹬，身子凌空向後翻了出來。

當她的身子翻在半空之中的時候，她聽得「嗤嗤」兩下響，自左邊射了過來，同時，「砰」地一聲巨響，那是那中了木蘭花子彈的人的墜地聲。

就在那人的墜地聲中，木蘭花輕輕地落下地來，向後退出了好幾步，直到她的背部碰到了牆壁，她才停了下來。

剛才那「嗤嗤」兩下響，是從她左邊射過來的，而門是在左邊，那就是說，她已解決了一個敵人，但是在她的左右，還各有一個敵人。

而且她還知道，在她旁邊的那個，一定是「ＫＩＤ」的首腦，因為他發射毒針射向自己，而門邊的則是另一個人。

木蘭花更可以知道，自己剛才那一粒子彈未曾白發。因為那人在重重地墜落地上之後，沒有發出任何的聲音來，當然他已死了。

已解決一個敵人，這使得木蘭花的心中十分快慰。

她仍然站立著不動，而房間內也回復了寂靜。

在黑暗中，木蘭花竭力回憶著房門所在的位置，和在剛才那一剎間，她看到的那人影所站的位置，但是她卻並沒有發射，她只是對準了那人影所在的位置。

因為她無法肯定自己一射就可以中的！

突然，在長桌的一端，響起了一陣「滴滴」聲，同時，在一具通話儀上，一盞小小的紅燈一閃一閃地亮了起來。

那盞小紅燈在極度黑暗之中所發出來的光線，比剛才木蘭花發射一槍之際所發出的那一溜紅色的暗芒，可要強烈得多了。

那是在外面的人，有要事向決策小組報告，所以才會有這樣的情形出現。但是想向決策小組作報告的人，卻做夢也想不到那小紅燈的一閃一閃，在這間房間中會引起那麼驚人的變動！

當「滴滴」聲才一傳出之際，木蘭花已聽得「嗤」地一下，毒針的發射之聲，然後，是小紅燈突如其來地閃亮了起來！

對於在房間中的三個人來說，這是一個極度的意外！

是以他們三人，在同一剎那間都是一呆！

然而，在同樣地發呆中，卻是木蘭花占了便宜，因為木蘭花早已在黑暗之中，在記憶尋找著那個站在門邊的人的位置。而她手中的武器，也已在黑暗中對準了那人所在位置的正確所在，是以小紅燈一亮，木蘭花一呆之際，手指立時按了下去。

「啪」地一聲響過處，在門邊的那人，身子立時打了一個旋轉，他手中的槍，「砰砰砰」地響了起來，接連響了六響！

但是那六槍是全然漫無目的地亂射，因為木蘭花的子彈，已經射中了他的要害，他發射那六槍，只不過是臨死前的本能而已！

他那六槍，非但未能射中木蘭花，而且還救了木蘭花！

因為木蘭花向那人射出了一槍，小紅燈又在不斷地亮著，她在那剎間，實在是無法躲避的，她將成為極易射中的目標。

事實上，「ＫＩＤ」的首腦，也已立即對準了木蘭花，準備發射毒針，可是就在這時，子彈卻在房間中亂飛了起來！

木蘭花一聽得槍聲，呆了一呆立時伏了下來。

「ＫＩＤ」的首腦在這樣的情形下，也顧不得去射擊木蘭花，身子也伏了下來，而就在那一剎間，「轟」地一聲響，一粒流彈射中了對講機。

對講機冒出了一陣煙和一陣焦臭，那小紅燈不再閃亮了，室內也重又變得一團漆黑。

那首腦向木蘭花射擊的機會失去了！

木蘭花在地上迅速地爬行著，她是向倒在門邊的那人爬去的，當她爬到那人身邊的時候，她伸手在那人的鼻端探了一探。

那人已斷了氣，木蘭花已解決兩個敵人了！

還剩下一個！

木蘭花知道，剩下來的那人雖然是首腦，但心中一定也免不了十分驚惶的，在如今這樣的情形下和人對敵，最忌的便是驚惶，一感到了驚惶，那已輸了一半，是以木蘭花知道，自己是可以設法將之射死的。

但是木蘭花卻又立即想到：「自己不能將他射死！」如果將他射死之後，自己怎麼離開這裡呢？必須制住他，而不是殺死他！

當然這困難得多了，但是木蘭花的心中卻充滿了信心，她伸手在地上摸索著，她摸到了那柄手槍，那人是死了，但是他的手指還緊緊地握著槍柄，木蘭花用力拉開了他的手指，將槍取在手中，她揚了揚手，槍便拋了出去，「啪」地落在地上。

她立即聽到了「嗤嗤」兩下毒針發射的聲音。

木蘭花拋出槍，發出聲音，目的就是要引首腦發射毒針，那時她可以藉毒針發射時所發出的「嗤嗤」聲，來辨認對方站立的位置。

這時，她的確聽到了「嗤嗤」兩下聲響，那是在她右邊發出來的。木蘭花又伸手，將那死人的鞋子脫了下來，然後，她開始向前慢慢地接近。
這是一件極其危險的事情！
因為，木蘭花究竟只是約莫地知道那人所在的位置而已。而且，這時既然是一對一，那麼木蘭花所恃的優勢，也已然消失了。
她只要弄出一點點聲音來，那麼必然的結果，便是毒針射進了她的身體之內，而且，對方也不可能不移動的，兩個人都在黑暗中移動，撞在一起，也不是奇事！
木蘭花小心翼翼地向前，走出了七八步，她停了下來。
她估計如果對方全然沒有移動過的話，那麼，她距離對方，已只有一碼了。她輕輕一揚手，將提在手中的鞋子，向前輕輕地拋出。
鞋子落地，發出了一下聲響，幾乎是在同時，毒針的發射聲也響了起來，毒針的發射聲，是就在木蘭花的身前響起的！
那人並未曾移動過他的身子！
而木蘭花對他所在位置的估計，也極其準確！
木蘭花的左掌陡地揚起來，急速地砍下，雖然是在黑暗之中，但是木蘭花的那一掌，仍然正確無誤地砍中了對方的手腕。
那一掌的力道，令得對方的五指一鬆，毒針發射槍落到了地上，而木蘭花五指一緊，已抓住那人的手腕，將他的手臂硬生生地扭了過來。

直到這時，木蘭花是完全勝利了！

她吁了一口氣，道：「好了，戲作完了！」

那人還在勉力掙扎著。

但是，當木蘭花的手猛地緊了一緊之際，那人臂骨上的「格格」聲，和他的呻吟聲，便一起傳了出來，只聽得他叫道：「行了，你勝了！」

木蘭花的手略鬆了一鬆，道：「我們也該出去了！」

首腦道：「就這樣出去？」

「我看非這樣出去不可，你必須明白，你的性命，隨時在我的手中，你只要一妄動，你就會像你的兩個同伴一樣。」

首腦深深地吸了一口氣，突然大笑了起來，道：「木蘭花小姐，在如今這樣的情形下，我想，可以開著燈了，是不是？」

木蘭花略呆了一呆。「還有燈麼？」

「當然有的。」

「好，那你仍然在我的掌握之下，去找尋那燈掣！」

8 兩個白癡

首腦向前走去，他一隻手臂被木蘭花倒扭著，另一隻手臂則摸索著，不一會，「啪」地一聲響，房間內立時大放光明。

木蘭花在燈光乍亮的一剎間，幾乎是什麼也看不到的，她將附在「髮箍」上的小型槍的槍口，緊緊地對準了首腦的後頸，以防他有什麼異動。

在半分鐘之後，她已可以看清房間內的情形了！

在經過了剛才那一場驚心動魄的爭鬥之後，房間中的情形，自然是怵目驚心的。一個人倒在門前，中槍的部分是腰際。

而另一個，木蘭花在將他摔出之際，一槍正射中他的後頸，那自然是立時畢命的，是以那人在落地之後，便什麼聲音也未曾發出來。

有兩張椅子倒在地上，桌上則全是玻璃的碎片。

木蘭花道：「好了，可以出去了。」

首腦卻仍然笑著，道：「我還沒有感謝你哩，小姐。」

木蘭花沉聲道：「你別以為你的處境很好。」

「可是，我的確要感謝你啊，小姐，」首腦的語調聽來十分之輕鬆，「這兩個人，和我是一起創立這個組織的，他們兩人，實在是兩個大飯桶，而且，我也時時受他們所左右，以致不能大展拳腳，這次對待你的事情，便是一個教訓了。」

木蘭花沉聲道：「少廢話！」

「你必須讓我講完，我早已想將他們兩人除去了，但是一時之間想不出什麼辦法來，如今你卻代我除去了他們，豈不是要多謝你麼？」他勉力轉過頭來，向木蘭花一笑，「從此之後，『ＫＩＤ』由我一個人發號施令，組織一定要健全得多了！」

當他轉過頭來的時候，他臉上的橡皮面罩已然除去了，他的年紀十分輕，而且，他那種過分薄的嘴唇和尖削的鼻子，那種一看便知道是冷酷、殘忍的臉型，木蘭花也覺得十分臉熟。

她在一呆之下，立時想起那是什麼人來了！

而這實在是木蘭花在以前做夢也想不到的！

她早已知道「ＫＩＤ」暗殺黨的組織十分嚴密，其首腦人物的身分，也十分之神秘，但是她卻絕想不到會是這個人！

至於「這個人」，究竟是什麼人，實在是不便公布的，因為這個人表面上的身分，極其尊貴，是碰也碰不得的，事後，國際警方未曾將「ＫＩＤ」暗殺黨的檔案公布，而將之列入最機密的文件，自然也和這個人的公開身分有關。

簡言之，如果公開了這個人是「ＫＩＤ」首腦的話，那麼，將引起好幾個國家的一場政治風暴，更可能進而演變到一場劇烈的戰爭！

是以，木蘭花在那一剎間，只覺得遍體生寒！

那個人——他的真正姓名、身分，既然不便公布，為了方便起見，不妨稱他的代號：翁來先生——他轉回頭去，道：「認識我麼？」

木蘭花已立時鎮定了下來，她冷冷地道：「認識，你，你是『ＫＩＤ』的首腦。我想我沒有說錯，也不可能說錯的，是不是？我怎樣稱呼你才好？」

首腦的神情，有點沮喪，他本來是想用他真正的身分來嚇一嚇木蘭花，令得木蘭花放手的，但是木蘭花的回答，卻是如此之巧妙，令他無話可說！

他沉聲道：「那麼，你可以稱呼我為翁來。」

「翁來先生，」木蘭花冷笑著，「我們該出去了，在這裡久了，對你來說，是沒有好處的。」

翁來臉上沮喪的神情，在剎那之間又消逝了，他重又笑了起來，道：「蘭花小姐，你錯了，如果出去了，那才對我沒有好處。」

木蘭花「哼」地一聲，翁來立時又道：「在這裡，你需要我，雖然你盡量表現出你的凶狠，好像我一不聽話，你就會殺死我一樣！」

「別以為我不會！」木蘭花狠狠地警告著。

翁來竟然大聲笑了起來，道：「當然你不會的，小姐，如果你殺了我，你用什麼方法去打開那扇電子門呢，請問？」

木蘭花心中陡地一凜。她制住了翁來，但翁來卻也抓住了她的弱點！

木蘭花當然是不想被對方抓住自己的弱點的，她冷笑道：「我可以不必費什麼心神，電子門內也有一個人在，他難道不出去麼？」

翁來笑得更起勁了，道：「小姐，這你可料錯了，那是兩個白癡，我花了好幾年的時間訓練他們，他們所懂得做的唯一的事，便是接受我們三個人中任何一個的命令而開門關門，要不然，他們是寧願餓死，也不會去打開電子門的。」

木蘭花沉聲道：「那麼，你也別想出去。」

翁來道：「那不錯啊，有你這樣一位美麗的小姐陪我一起死，哈哈，在我將橡皮面具除下之後，你以為我還想出去麼？」

木蘭花並不出聲。

「ＫＩＤ，在近幾年來的暗殺中，有幾件是十分出色的政治暗殺，我想你一定也知道的，現在，世人只知道那是一個暗殺黨幹的事，你想想，如果人們知道這個暗殺黨是由我來主持的，那麼會發生什麼樣的混亂情形，你可以想像麼？」

木蘭花毫不留情地申斥道：「你是個冷血的畜牲！」

翁來放肆地笑了起來，道：「隨你怎麼說，現在我失敗了，可是你也沒有成功，你不能脅迫我出去，因為我事敗了，我不能出去受辱，那是對我尊貴的身分有損的。而你又不能殺我，因為你必須靠我才有機會出去。哈哈，小姐，這不是很奇妙麼？」

木蘭花的心中，自然不會認為這種情形是「奇妙」的，但是，她卻不能不承認，翁來所說的，全是事實。

她的確必須翁來下命令才能出去，而翁來的身分已經暴露，他如果出去的話，也是難免一死的，他怕什麼？

木蘭花已然勝利了，但這卻是前途極之黯淡的勝利！

木蘭花忖了半晌，猛地向前一推，一鬆手，將翁來推得向前跌出了兩步，她則後退了一步，一俯身，將那柄毒針槍拾了起來。

翁來站定了身子，揮動著手背，道：「木蘭花，你可是願意和我妥協了，老實說，我對你仍然極其欣賞，極其佩服的。」

木蘭花心中，正在急速地轉著念，是以並不去睬他。

翁來卻得意洋洋起來，道：「如果我們兩人合作的話，那麼一定可以做出一番驚天動地的事情來的。我想，你可以給我切實合作的保證的。」

木蘭花冷冷地望著翁來。

翁來慢慢地向前走來，道：「小姐，我以我尊貴的身分向你請求，做我的妻子，讓我們就在這裡成為夫妻，那麼今後你也不會背叛我，我們可以合作無間了！」

木蘭花心中怒火陡升，她突然揚起手來，扳動了兩次毒針槍的槍機，「嗤嗤」兩聲響，兩支毒針貼著翁來的臉頰飛過！

翁來的臉色變得像石膏像一樣地蒼白，他僵立在那裡，不再動彈，也不再說話。好一會兒，他才道：「原來你不想和我合作，那麼，只當我剛才的話未曾講過好了。」

木蘭花冷冷地道：「翁來，你剛才說，你如果出去，你尊貴的身分就會受到侮辱，那麼，你可曾考慮到你長期失蹤引起的後果？」

「那很簡單，我如果長期失蹤，人們自然會做出種種的揣測，但即使想像力再豐富的人，也不會將我和『ＫＩＤ』暗殺黨連在一起的。」

木蘭花又道：「我相信，我有這個影響力，可以使有關方面對你的身分，保持極度的秘密，永遠不加以洩露的。」

翁來聳了聳肩，道：「那對我有什麼好處呢？我作為一個無名無姓的罪犯去上電椅麼？我為什麼不在這裡死亡，還有人作伴呢！」

木蘭花本來就知道想要說服翁來，是幾乎沒有可能的，他有著這樣尊貴的身分，但是卻在暗中主持一個暗殺黨，這毫無疑問，是由於一種極不正常的變態心理所驅使造成的，自己想勸他回頭，那豈不是近乎不可能？

但是木蘭花卻不能不繼續嘗試！

她道：「如果我對你說，你和我一起出去之後，立即解散『ＫＩＤ』組織，而我也絕對保守你的秘密，那你如何？」

翁來抱歉地笑了一下，道：「小姐，那我又只好重提剛才的話了，除非你肯嫁我，因為在法律上，妻子是不能證明丈夫有罪的，那麼我才算獲得了切實的——」

木蘭花怒叱道：「住口！」

翁來像是因為捉弄到了木蘭花，而感到十分開心，仰頭「哈哈」笑了起來，木蘭花迅速地向房門走去，一伸手，拉開了房門。

房門之外不遠，就是那扇電子門。出了電子門，便是升降機，一出那扇電子門，便是自由天地了。

木蘭花一打開房門，守在電子門前的那個人便將頭轉過來。

他臉上那種茫然的神色，說明他是一個不折不扣的白癡！木蘭花心想，在外面的人也可能知道決策小組中發生了什麼變故了，但他們是沒有法子進來的，因為沒有人進得了這扇電子門。

「哈哈，」翁來在不斷地笑著，「你試著命令他打開門，你對他說啊。」

木蘭花向外走出了一步，道：「將門打開！」

可是那人卻只是茫然地望著她！

「將門打開！」木蘭花大聲叫著。

那人仍是一動也不動！

在房間中，翁來笑得更大聲了！

木蘭花憤怒地退回了房間中。

翁來停止了笑聲道：「你失敗了，是不是？」

木蘭花一退到了房間之後，她便將心中的怒意抑遏了下去，她知道如今情形是十分嚴重了，她簡直想不出辦法來對付他！

翁來興奮地來回踱著，道：「我已很高興了，木蘭花小姐，你知道麼？人人都說你是無往不利的，我也敗在你的手中，可是你卻一點便宜也得不到，這就證明我至少是超人一等的！這扇電子門，要在一分鐘之內，完成一百二十個接觸點，在門內門外同時進行，才能夠打得開來！」

翁來笑得更是得意，然後又道：「如果一有差錯，那麼，高壓電就會將試圖開門的人燒成焦炭！沒有人可以打得開這扇門，除非是這兩個白癡！」

木蘭花冷冷地道：「將自己的安全繫在兩個白癡的身上，那是愚人之所為！」

翁來又大笑了起來，道：「恰恰相反，那是最聰明的人才想得到的辦法，白癡是絕不會背叛主人的，我訓練了他們幾年，他們就絕對地服從我的命令，如今，你應該已知道我的辦法是絕對聰明的辦法！你就沒有法子令得白癡聽你的命令！」

木蘭花的心中暗嘆了一口氣。

她不得不承認翁來的說法是對的。如果掌握著開門之鑰的不是白癡，那麼，她可以威逼，可以利誘，總不致於一點辦法也沒有的，而如今，她的確一點辦法也沒有！

木蘭花在一張椅子上坐了下來，道：「你在這裡，時間久了不出現，你的部下又不能和你聯絡，難道他們就不會起疑麼？」

「你放心，他們是絕不敢來麻煩我的，而且事實上，我經常在這裡面好幾天不出去的，我的部下絕不會找我的。」

木蘭花「哦」地一聲，道：「原來如此，那樣說來，這裡是有食物的了？那也不要緊，我們遲幾天再出去好了。」

翁來攤手道：「食物是事先準備的，這次我們召見你，本來只準備半小時的時間，變故突然發生，試問，哪裡來的食物？」

木蘭花步步進逼，又道：「沒有食物？那麼這守門的白癡，在餓極了的時候，他難道不會打開門，走出去找尋食物麼？」

木蘭花只當自己這樣一問，對方一定答不上來了。

事實上，要等到守門的白癡也餓得熬不住的時候，他一定會開門出去，那麼，木蘭花自然也可以跟著走出去了！雖然那時木蘭花可能已餓得發軟，但卻也絕不是出不去的。

木蘭花在問出了這一句話之後，心中不禁感到一陣輕鬆。

但是翁來聽了，卻「哈哈」大笑起來，道：「小姐，你始終無視於一個事實，你總是忘了他是白癡，徹頭徹腦的白癡！」

「白癡怎麼？不知肚子餓麼？」

「當然知道肚子餓，但是他卻不知道打開門，走出去就可以不餓——而且，你告訴他也是沒有用的，你的話，他根本不會聽！」

木蘭花只覺得一陣發涼。真的是沒有辦法了！

也不是真的沒有辦法，但這辦法卻是木蘭花所不願實行的，那便是她反被翁來制服，翁來制服了她，或者會將她帶出去的。

木蘭花之所以不願意實行這個辦法，一則是她必須先反勝為敗，事後能不能脫身還未可知，二則，翁來可能根本不將她帶出去，而立時將她殺死！所以這個辦法實在太冒險了。

木蘭花不再出聲，只是坐在椅子上。

翁來則十分興奮地來回走動著，過了不多久，他也坐了下來，兩人就這樣僵持著，時間一點一點地過去，木蘭花看了看手錶，已過去五小時了！

五小時的枯候，事情一點進展也沒有！

看情形，還要再枯候下去，而結果如何呢？只是和翁來同歸於盡，而且還必然是餓死！當然，在餓得實在難受的時候，可以用手中的毒針槍來自殺的，但是……

木蘭花簡直不能再向下想去！

而翁來則一直笑嘻嘻地望著木蘭花，這時，他忽然站了起來，道：「唉，我真太糊塗了，有一個十分重要的消息，竟忘了告訴你了。」

木開花只是冷冷地望著他。

「你的妹妹，穆秀珍小姐，和一個姓雲的男士，被我們用你的『戒指』引來了，現在也在我們的總部之中，你可知道麼？」

木蘭花的心，陡地向下一沉。

她一直在擔心著穆秀珍和雲四風，翁來的話當然是不會胡言亂語的了。她立即道：「他們兩人現在怎麼樣了？」

「你想看看麼？」

「看得到麼？」

「當然看得到，這也可以解解悶，傳音設備剛才被流彈破壞了，但電視傳真設備卻沒有壞。」翁來走到長桌的一端，接連按下了好幾個掣。

好幾具電視機的螢光幕，同時亮了起來。

在螢光幕中出現的，全是一間間房間的內部，只有一間房間中有人，那正是穆秀珍和雲四風兩人，他們兩人的手上，都銬著手銬。

而手銬的另一端，則是銬在一張金屬椅子上，從電視上看去，可以清楚地看到那一張椅子是固定在地板上的。這時，雲四風正在對穆秀珍說些什麼。

木蘭花連忙跳了起來，調節著一些掣鈕，想要聽到聲音，可是卻一點聲音也聽不到，傳音設備已被流彈所破壞了！

但是，當雲四風講完之後，穆秀珍一開了口，她卻可以知道穆秀珍是在講些什麼的，那是她們兩人之間，平時就慣於使用「唇語」之故，木蘭花只要看到穆秀珍口唇的動作，就可以知道穆秀珍在講些什麼了。

這時，她「看」到穆秀珍說道：「蘭花姐自己都不知怎樣了，怎會來救我們，我們非自己設法不可！」

雲四風接著又講了幾句話。

穆秀珍又道：「管他受監視不受監視，我可等不下去了，我的髮箍上有十分鋒利的鋸條，是可以將這手銬鋸斷的，至多讓他們電死，也不能一直這樣等下去。」

雲四風搖了搖手，他的身子轉了一轉，轉到穆秀珍的背後，低頭去吻穆秀珍的後頸，穆秀珍一回頭，一巴掌打在雲四風的臉上。

雲四風哭喪著臉。

看到這裡，翁來「哈哈」大笑起來，道：「蘭花小姐，看來你們兩姐妹都有一個共同的習慣，都拒絕男人的親近，是不是？」

木蘭花並不理睬翁來，她只是心中在想，雲四風絕不是那樣輕佻的人，他突然去吻穆秀珍的後頸，那一定是有原因的！

木蘭花料得不錯，雲四風的確是有原因的。

但是他想講的話還未曾講出來，便重重地捱了一下耳光，令得他哭喪著臉，低聲道：「秀珍，讓我吻一下，讓我吻一下！」

穆秀珍杏眼圓睜，道：「你再胡說。」

雲四風心知自己講的話，監視自己的人是一定聽得到的。他又不敢直截了當地講了出來，是以只好繼續道：「秀珍，你太美麗了，我——」

他又突然湊過頭去，穆秀珍卻一點也不客氣，「啪」地一聲，雲四風的左頰之上，又吃了一個耳光，但是雲四風總算已趁機講了一句話，道：「我有要緊的話說！」

那一句話，是在他捱了一掌之後，用極低的聲音在穆秀珍的耳際講出來的，當然不怕被別人聽到。

穆秀珍一聽到這句話，心中的怒意頓時煙消雲散。她心知雲四風一定是有了什麼脫身的辦法了，是以她大聲道：「只准吻我的臉頰！」

雲四風忙奉命而吻，一股淡淡的幽香令得他有點飄飄然，但是他當然不會忘記要講的話的，他用極低的聲音道：「你抱著我，我已可以弄開手銬的鎖了，我先弄開你的手銬，然後我再抱著你，我們只有擁抱著，才可以避開電視攝像管。」

穆秀珍一聽，心中大是高興，轉過頭來。

對著穆秀珍豐滿而又充滿了誘惑力的朱唇，雲四風心中膽子一大，突然吻了下去，穆秀珍並沒有讓開，她的身子靠得雲四風更近了。同時，她的一隻未被手銬銬住的手背，抱住了雲四風。

這一吻的時間相當長，因為雲四風正在利用一根小鋼絲打開穆秀珍手上的手銬，直到手銬打開了，他們才分開來。

雲四風怔怔地望著穆秀珍，穆秀珍低下頭去。他們這時是在盜窟之中，但是他們都全然不想到這一點，他們的心中，都有一種十分奇妙而難以形容的感覺。

過了好一會，雲四風才低聲道：「秀珍，再讓我親你一下！」

穆秀珍默默地點著頭，他們的身子又靠在一起，在一分鐘後，雲四風手上的手銬也鬆了開來。

他們兩人已可以自由行動了，但是他們仍讓手銬留在手腕上，雲四風大聲叫道：「有人聽到我的聲音麼，快來啊，我有話說！」

房門立時被打開了。

一個全身黑衣，面目陰森的男子，走進了一步，道：「你大呼小叫做什麼？」

「你們的首領呢？我要見他！」

「首領正在和一位蘇珊小姐商議要事，有什麼事？」

「你是什麼人，有地位麼？」

那人「嘿嘿」地笑了起來，然後冷冷地道：「我是黑豹，我想，你應該聽到我的名字的，我是不是有地位，你自己說吧！」

「黑豹？」雲四風突然怪聲笑了起來，「黑豹，我看你像一隻黑貓，一隻燒焦了毛，只好在垃圾桶中揀拾魚骨的黑貓。」

「黑豹」的臉色變得更陰森了。

「我不以為這是一句好笑話。」

「可是我以為是，黑貓！」

「黑豹」被激怒了，他陡地向前跳來，他向前跳來之勢，是如此之敏捷，當真像一頭真的黑豹一樣，同時他的拳頭，也向著雲四風的肚子送出！

可是，「黑豹」所做夢也想不到的是，當他的身子向前疾撲而出之際，雲四風的身子也陡地向前撲了出來，雙方的勢子都快到了極點，但是卻是雲四風制了先機，雲四風的掌緣如鋒，猛地向黑豹的手腕切了下去，「黑豹」連忙一縮手。

「黑豹」能夠在倉猝之間避開這一掌，也當真不容易之極了，可是他避得開這一掌，雲四風緊接著而來的一拳，他卻避不開了！

那一拳，正擊中他的下頷上！

他的身子猛地向後一仰，那一拳，他還是可以忍受得住的，可是就在此際，穆秀珍的雙手併在一起，卻已重重地擊中了他的背部！

「砰」地一聲響，「黑豹」重重地倒在地上。

穆秀珍身子立即躍開，到了門旁，而雲四風則扶起了昏過去的「黑豹」，兩人不約而同一起怪叫了起來，「砰」地一聲響，房門被人推開，一條大漢提著手提機槍，大聲喝道：「什麼——」

可是他才講了兩個字，雲四風用力一推，「黑豹」的身子便向那大漢直撲了過去，那大漢立時扳動槍機，一陣驚心動魄的槍聲過處，「黑豹」的身子像跳舞一樣地跳了起來，那人突然一呆，看清了自己射死的竟是重要人物「黑豹」！

在那一剎間，他呆若木雞！

而穆秀珍在門口等待的，就是那一剎間，她陡地疾跳回來，一腳踹向那人的下體，左肘重重地撞在那人的臉部，右手一捋，已將手提機槍奪了過來，她立時再橫過槍柄，重重地打在那人的臉上，打得那人鮮血直迸。

然後，她扳動槍機，向外掃射了三十秒鐘，門外有四個人倒了下去。

穆秀珍向外衝去，一直不停地掃射著。

雲四風跟在穆秀珍的身後，也衝了過去，在那四具屍體的身邊，拾起了四柄手提機槍來，也參加了掃射，槍聲大作！

他們一直衝到了走廊的轉角，才聽到前面有槍聲反擊，穆秀珍和雲四風停住了身子，雲四風突然轉過身，又射出了兩排子彈。

在他們的身後，有人倒了下來，而且，還帶來兩下極其驚人的爆炸聲，立時濃煙密布，那可能是這兩個人的身邊帶了手榴彈，而被射中爆炸之故！

雲四風立時一招手，和穆秀珍兩人向前直衝了出去，那一陣巨大的爆炸，已在一堵牆上炸穿了一個大洞，有十多人向外逃了出去。

而外面正是一條街道，這時正造成了極大的混亂！

等到雲四風和穆秀珍都衝出了牆洞之際，大量的巴黎警察也已經趕到了。

幾個高級警官立時將雲四風和穆秀珍兩人圍住，神態緊張，如臨大敵，穆秀珍怒道：「他媽的，他將我們當作什麼人？」

「將槍放下，秀珍。」雲四風微笑著，「如果你是警察，在這樣的情形下，首對持槍衝出來的人，會有什麼想法呢？」

將槍拋下之後，雲四風有禮貌地問一位警官，用標準的法語道：「我要求見高級負責人，對我們的身分，我將有解釋。」

一小時後，局面已澄清了。

穆秀珍知道了巴黎警察首腦，居然也聽過東方三俠和女黑俠的大名之際，她的嘴唇不再嘟起，而是笑逐顏開了。

和本市警方長途電話的聯絡，也證明了他們的身分，而且更有利於他們的是，國際警方的總部在巴黎，曾在「海底火龍」一案中（詳見木蘭花傳奇2《太陽女》〈火龍〉篇），和他們合作尋獲過海底武器庫的彼得遜，已是國際警方總部的高級人員，也趕到了巴黎警察總局來和他們會面。

彼得遜高興得和穆秀珍大握其手，每一個人都十分高興，尤其是巴黎警方在獲知了那幢建築物，竟是「ＫＩＤ」暗殺黨的總部之際，高興得不知怎樣向雲四風和穆秀珍兩人感激才好。

巴黎警方也衝進了那幢建築物，拘捕了七十多人。

警方犧牲了五個人。其中三個人是在槍戰中喪生的，還有兩個人，是在拘捕了門外一個白癡後，試圖弄開電子門，而立即被高壓電電死的。

每一間房間都搜過了，沒有見到木蘭花。

很快地，他們在被拘人員的口供中，得知木蘭花在那扇電子門之內的決策小組的密室中，而他們也知道了開啟那扇電子門的獨一無二的方法。

那白癡被帶到了電子門前，巴黎警方的人員，國際警方的人員，雲四風，穆秀珍，以及幾個心理學家，用盡了方法，那白癡一點反應也沒有。

穆秀珍頓足道：「用炸藥將這扇門炸去！」

這似乎是最簡單的方法了，三個爆炸專家在半小時內應召而至，並且帶備了應用的一切，這幢大廈的建築物圖樣也被找了出來，以便研究從何著手最好。

可是等到大廈的圖樣被找出來時，所有的人都呆住了。

決策小組的秘密室是在頂樓，那密室，實際是一個大鐵籠，每一面的鐵壁，厚達半呎，中間還有好幾層厚的石棉，以及一層極堅硬的合金。

當然，要爆破它是可以的，但如果爆炸的程度，足以將鐵壁爆穿的話，在裡面的人也必然粉身碎骨，而絕不能生存的。

用燒焊，當然也可以的，但估計日夜不停，用最強力的，最新型的「雷射」光束來切割，要割開外面的幾層鋼板，倒只要六小時就夠了，可是，要割開最後一層合金，卻需要四十小時。

而且，裝備雷射光束來切割裝置，法國本身還沒有，要從大西洋彼岸運來，連同技術人員，裝備，到撥出大量的工業電來供「雷射」光束切割器使用，至少也要九十六小時，那也就是說，一切都順利的話，至少要六天，木蘭花才能出來——不，應該說至少要六天，才能切開一個孔道，可以確知木蘭花是死是生！

這當然是令人心急之極，不耐之極的辦法！

但是，除了這個辦法之外，又沒有別的辦法。

於是，立即分頭去進行了。消息傳了開去，記者雲集，幾個規模較大的報社，自用的直升機不斷地在空中飛翔著，這時天色已黑了下來，無數探射燈照射著這幢大廈的十四樓。

木蘭花的名字，幾乎成了巴黎每一個市民口中的話題，人人都焦急地在想，被困在決策小組密室之中的木蘭花，究竟是死是活呢？

在密室中的木蘭花，除了還沒有想出脫身的辦法來之外，一切都是很忙的，而且，她等於是親眼看到穆秀珍和雲四風兩人衝了出去的。

剎那之間，幾乎每一個房間中都滿是警察，她也從電視中看到了曾經和她在一起共過事的彼得遜。

當她看到一個一個歹徒被拘捕的時候，她冷冷地道：「翁來，你已完了，你看到沒有，你的組織已完全瓦解了。」

翁來則無動於衷，漠然道：「在我失敗之後，我的組織當然已經完了，但是我所堪以自慰的是，小姐，你也沒有勝利。」

木蘭花聳了聳肩，說道：「他們會弄開這扇門的。」

「他們弄不開，小姐，你可要我詳細地向你介紹這扇門，和這間密室的環境麼？」翁來於是不厭其煩地講述了起來。

「用雷射光束，可以切得開。」

「是的，但大約需要一星期的時間——包括去商借這些設備的時間在內。除非我們兩人吃死人肉，否則到時，你我都餓死了。」

木蘭花敏銳的目光望定了他，道：「你故意遺漏了一點：這裡應該有透氣的地方，那是一個極大的缺點，可以攻進來的。」

「小姐，我不是遺漏，而是故意不提，好讓你有一個新的希望，但是不幸得很，你的希望落空了，這裡的構造和太空艙一樣，氧氣是由壓縮氧氣供應的。」

木蘭花忍不住尖聲叫了起來，道：「你是個道道地地的魔鬼！」

「謝謝你的稱讚，天使。」

木蘭花衝出了屋子，她企圖再去說服那白癡。

但是她得不到那白癡的任何回答，她只聽到翁來的笑聲不斷地從房間之中傳了出來，那一種笑聲，令得她心煩意亂之極！

在電子門之外，穆秀珍好幾次要伸手向那個白癡摑去，但都被雲四風止住了，每一個在電子門前的人，都是神色焦慮，唯獨這白癡，神色漠然。

沒有人知道電子門之內的情形怎樣了，據口供，密室中的人當然是應該知道發生了什麼事的，那麼或者他們會出來投降？

至少他們也可以要挾著木蘭花，出來和警方作談判的啊，這正是他們希望，也就是他們留那白癡在門邊的原因。

但是卻一點動靜也沒有，一點也沒有，無法和裡面通訊，也不知道裡面發生了什麼事情，穆秀珍將手骨捏得「格格」響，已有三小時了！

木蘭花用各種各樣的手勢，用各種各樣的引導，想叫那白癡有所動作，可是那白癡卻仍然只是坐著，一點反應也沒有。

木蘭花陡地轉過頭來，對準了翁來，大聲喝道：「我敢說他不但是一個白癡，而且是一個聾子，你一定另外有開啟電子門的辦法，因為我敢打賭，你也不能令得他聽你的命令去開門。」

「賭什麼，小姐？」

「賭什麼都可以！」

「賭一個熱烈的吻，怎樣？」

木蘭花從來也沒有這樣的生氣，和這樣地失卻鎮定過，但這時她卻那樣，她竟毫不考慮地道：「好，只要你能命令他！」

翁來奸猾的一笑，道：「別以為我會命令他將門打開，我只是命令他們幾個動作，再命令他停止，表示我擁有這種權力。」

木蘭花喘著氣，道：「好的。」

翁來轉過身，對準了那個白癡，那個白癡也抬頭向他望來，翁來沉聲道：「白癡，開門，我要出去了，我會帶糖給你吃的。」

木蘭花神經緊張地望著那白癡。

而翁來的面上，則帶著一種穩可取勝的笑容。

他們兩人的目光，都注定在那白癡的身上。

那坐在椅上的白癡，身子震動了一下，看樣子他是想站起來，但是，他的身子卻只是震動了一下，卻並不站起來，服從命令去開門。

木蘭花陡地一呆！會有這樣的情形出現，木蘭花也是意料不到的。

而那更出乎翁來的意料之外，翁來的面色一變，他立即大聲叫道：「這是怎麼一回事——」但是他只叫了一半，便立時恢復了鎮靜，道：「白癡，快去開門，我帶糖給你吃！」

白癡仍然坐著不動。

翁來的面色，變得比紙還白。他來到了白癡的面前，雙手按在白癡的肩頭上，道：「去開門，白癡，快去開門！」

可是那白癡仍然一動也不動地坐著！

面色發青的翁來，再也沉不住氣了，他雙手插在白癡的脅下，將白癡硬提了起來，叫道：「去開門，白癡，快去開門！」

可是，當他雙手一鬆之後，白癡卻又坐了下去！

翁來後退一步，他臉上的肌肉可怕地抽搐起來，木蘭花的面色也蒼白得可怕，她抛去了手中的毒針槍，道：「我要這東西沒有用了，我們根本出不去，我們都將死在這裡！」

木蘭花倒並不是有意在刺激對方，但是在這樣的情形下，木蘭花的話給予翁來的刺激，實在是難以形容的，他發出了一聲尖叫，道：「我自己去開！」

他瘋了也似地向電子門衝去。

當他向電子門衝去的一剎那間，木蘭花的心中陡地一震，她陡地想到那白癡為什麼不服從翁來命令的道理了，她立即叫道：「翁來，你——」

可是已經遲了，她只叫出了三個字，翁來已撲到了電子門上，他的雙手在門上的電子感應器上胡亂地按著，幾乎是十分之一秒鐘之內的事情，「啪啪」的火花連續不斷地爆了出來，翁來的身子蜷屈，發出了淒厲之極的叫聲！

然後，便是一陣難聞之極的氣味，翁來倒在地上，他的全身都變成了焦黑色，他顯然死得極不甘心，因為他的眼睛還老大地睜著。

木蘭花嘆了一口氣，她望了望那白癡，白癡對眼前的一切，無動於衷。

木蘭花轉過身，走進房間中，從地上拾起那個厚橡皮面具來，戴在臉上，又走了出來，她盡量摹仿著翁來的聲音，道：「白癡，去開門，我會帶糖給你吃的，去開門。」

白癡露出了笑容，順從地站了起來！

翁來給予白癡的訓練太嚴格了，以致他們只記得決策小組三個人的臉，而翁來自己，幾乎是無時無刻不戴著那個厚橡皮面具的。

是的，幾乎是任何人都可以命令那兩個白癡開門的——只要他是戴著那個橡皮面具的話。在翁來的命令不生效之後，木蘭花就想到了這一點，但翁來已因為絕望而撲向電子門了。

當木蘭花走出電子門之後，一切便沒有記述的必要了，木蘭花向國際警察最高當局提及翁來的真正身分，但不獲置信，翁來的身子已被燒壞，連指紋也不辨了，在木蘭花的一再堅持下，檢查了義齒和牙醫的記錄，才確定了翁來真正的身分。

只不過這件事，被列入最秘密的檔案之中，甚至連翁來的家人——他的極其顯赫的家人——也不知道翁來是暗殺黨的首腦，他們只當翁來神秘失蹤而已。

在接下來的幾個月中，「ＫＩＤ」在世界各地的支部，也完全解體了。

死城

1 包發達

穆秀珍神氣十足地站在一塊大黑板前，手中拿著一根教鞭，她指著黑板，對坐在她面前幾十個聽眾道：「你們看到沒有，要循著這個角度打過去，才可能將木瓶全部擊中，這是打保齡球的秘訣，當然，掌握了秘訣，還是要不斷練習才行的！」

穆秀珍由於得到了一個體育會主辦的全市保齡球賽冠軍，是以在一個星期天的公眾活動中，她被邀演講保齡球的打法。

星期天的公眾活動是多姿多采的，包括許多公開的演講、展覽會等等，是本市市民文化生活的一部分，通常是在市立體育館或文化館內進行的。

當穆秀珍講完了之後，聽眾散去，她和主持人握過了手，也離開了她那間演講室，向外走去。

那一條寬闊的走廊中，傳來各種各樣的聲音，那是每一個演講室中的演講者所發出來的聲音，穆秀珍慢慢地走過去。

她一面走，一面留意著演講室外的牌子。一間演講室外掛著「唐宋銀鈔之研究」，另一間則掛著「漢小說與神話之關係」等等，穆秀珍對這些全是不感興趣。

可是，她卻在第三間演講室前站定了身子。

那間演講室的門口，掛著的牌子上，清清楚楚地寫著演講題，是：「如何在最短的時間內獲致最大的財富」。而演講人則是「包發達博士」。

穆秀珍一看到這個講題，和這個演講人的姓名，忍不住笑了起來，跟在她後面的文化館職員也笑了起來，道：「穆小姐，這是不是很有趣？」

「你們怎麼會安排這樣的演講會的？」穆秀珍問。

「這不是我們安排的，」那職員大搖其頭，「這是那位包博士自己租了演講室來演講的，那是文化館收入的一部分，任何人都可以這樣做的。」

穆秀珍笑道：「那倒不錯，我相信聽的人一定十分多，我也得去聽聽！」她一面說，一面推開了門，向內走了進去。

只見演講室中的人不少，大約有了七八成，演講人還沒有來，只有一個人在接待，有人進來，便道：「請坐，請坐！」

等到人快坐滿了，才看到一個穿著黑色禮服，留著山羊鬍子的中年人，戴著早已不流行的「單片眼鏡」，一本正經地上了講臺。

一看到那人的這種樣子，穆秀珍又忍不住想笑了出來。

那位包博士在講臺上，乾咳了幾聲，開始了他的演講道：「各位，世界上的財富，實在太多了，但是最簡單獲致財富的法子，便是設法去尋獲以前被人發現，但卻又被人遺忘了的財富！」

他神氣十足地瞪著聽眾，然後加強語氣，大聲道：「我的意思，就是去尋寶，自古以來，不知有多少寶藏被埋沒著，最著名的，自然是所羅門王寶藏了，本人費了數十年心血，研究古今中外各種寶藏的地點，繪製成了各種各樣的地圖——」

包博士的助手，立即拿來了一個箱子，在講臺上打了開來，箱子中全是膠袋，膠袋中看來全是地圖。

包博士指著箱子，道：「這裡面，有幾百份地圖，其中有西班牙珠寶船沉沒的地點，有希特勒藏寶的詳細指示，有隆美爾所掠奪的稀世名畫的收藏處，有印度土王的寶庫，也有柯克船長的藏寶島，有成吉思汗的大寶庫，每份只售一百元，隨便各位選擇！」

包博士講到這裡，穆秀珍已然「哈哈」大笑了起來，聽眾之中，和穆秀珍一樣大笑的人也不少，但也有很多人擁了上去，向包博士問著各種各樣的問題。

更有好幾個人，已經出錢在買地圖了，有的還一本正經地在問包博士，究竟是西班牙海盜的寶藏多，還是印地安帝國的全金太陽神鏡值錢。

這當然是一個低級無聊的騙局，但任何騙局，俱是以人的貪念為前題，如果人沒有貪念，又怎麼會上當？是以穆秀珍也沒有對包博士的騙局進行干涉，她感到讓這些貪心的人吃一點虧，也是應該的，是以她笑著，走出了演講室。

她回到了家中，當她向木蘭花講到這件事的時候，她仍然在不斷地笑著，可是木蘭花卻像是一點也不覺得什麼好笑。

等到穆秀珍講完，木蘭花才道：「秀珍，那位包博士，倒是一個貨真價實的博士，你似乎不應將他嘲笑得太過分了！」

穆秀珍呆了一呆，然後笑得更有趣了，她一面笑，一面道：「貨真價實的博士？一個博士的名字叫包發達，哈哈，太可笑了。」

木蘭花微笑道：「那是翻譯者的自作聰明，他是埃及人，叫做菲得烈・鮑，到本市來演講，取了一個中國化而又諧音的名字，就譯成了包發達了。」

穆秀珍好奇地睜大了眼睛，道：「蘭花姐，你認識他？如果他是博士，他為什麼要一百元一份，在兜售他的假地圖？」

「你有沒有買一份來看看？」

「當然沒有，你以為我那麼傻麼？」

「秀珍，你既然沒有看到他兜售的地圖，你怎知他所賣的地圖是假的？」木蘭花頓了一頓，又道：「你不是太武斷了麼？」

穆秀珍不服氣地叫了起來，道：「不是假的，是真的麼？」

「是真的——至少，那的確是包博士根據一切他所能搜集得到的史料，所作出的結論，相信世界上沒有比他所出售的更正確的藏寶圖了！」

這一切，實在是穆秀珍做夢也想不到的。

她仍然不服氣，道：「你怎麼知道的？」

木蘭花道：「我剛接到了一封信，是埃及開羅大學的一位教授寄給我的，這位教授是中國人，和我認識，他的信中，提及了這位包博士。」

「哦，」穆秀珍忙問：「他怎麼說？」

「你自己去看好了。」木蘭花在咖啡几下層取出一封信。穆秀珍抽出了信紙。

那封信，幾乎就是為了包博士前來本市而寫給木蘭花的，在開始的時候，照例有幾句問候的話，以後，就全是和包博士有關的事了。

信上提到包博士的時候，這樣寫著：

……有一個奇人，快要到你們的城市來了，你們的城市，是他遠東旅行的第一站，他還要去很多地方，這個我稱之為奇人的人，是菲德烈・鮑博士，曾經是開羅大學歷史系的副主任，是著名的古代史教授，曾和我同事過數年之久。

他為了到遠東來，特地改了一個中國名字，也不知道是哪一個俗人的手筆，替他改了一個名字叫「包發達」，當真可發一噱。

這位博士，我之所以稱他為奇人，倒並不是沒有理由的，他的最大嗜好，便是研究各種各樣寶藏的所在地，或是古代沉船的記錄，這方面的資料之豐富，可以説沒有任何人及得上他，而他也是真正致力在做著這件事的，他曾窮三十餘年的精力，繪製了數百張各種時代不同的藏寶地圖，他曾旅行西方，去兜售這種時代不同的藏寶地圖。

當然，根據他的地圖，不一定能夠找得到寶藏的，但是，他的地圖卻絕不是憑空虛構的，而且，每一份地圖都附有詳細的説明，可是令得他失望的是，他旅行的結果，竟沒有一個人去購買他的地圖。

他將這種情形，歸咎於西方人太重視現實和缺乏想像力，是以他決定到東方來，他動身前，曾和我們這樣説，這便是我寫信給你的原因，因為他表示得很悲觀，他説，他研究數十年，竟沒有一個人相信他，他實在不想在這個缺乏想像力的世界上生活下去了。他講這話的時候，十分認真，所以，我想他在碰壁之餘，可能會起厭世之念。

我知道你對各種古怪的事都很有興趣的，我向他提起過你，但是他為了自尊，當然不好意思憑那朋友的情面，硬要你購買一些地圖的，但是你不妨裝著對地圖有興趣，向他購買幾份，請相信我，這都是極有價值的考證，是他一生心血之所聚。而且，包博士的言談極其豐富，他也是一個十分有趣的人……

穆秀珍迅速地看完了信，抬起頭來。

木蘭花問道：「你看到了，當時的情形怎樣？可有人去買他的地圖麼？」

「我沒看到人買，但是看到好多人圍著他。」

「當時你的心中怎麼想？」

「我想，那是一個十分無聊的騙局。」

「唉，」木蘭花嘆了一口氣，「這也難怪，如果我不是接到了這個老朋友的信，我也一定以為這是無聊的騙局了。我真不明白，如果他對於寶藏有著確切的考據，他應該可以找到人和他合作的，難道世人真的那樣昧於冒險麼？」

「蘭花姐，你不該說世人沒有冒險精神的，你想，若是有一個人，拿著一張地圖，告訴你什麼地方可能有藏金，要你投資，你肯不肯？」

木蘭花沒有回答，她站了起來，來回踱了幾步，才道：「我們應該去拜訪一下這位包博士，你打電話去各大酒店查問一下，他住在什麼地方。」

「好的。」穆秀珍也給木蘭花的話引得興趣大生。

她開始打電話，木蘭花坐著翻閱當天的報紙。

十分鐘之後，穆秀珍放下了電話，道：「蘭花姐，他住在金都酒店，七樓，七一七號房，只有他一個人，他的助手多半是臨時僱用的。」

「金都酒店！」木蘭花皺了皺眉，「這勉強可以算是第二流的酒店，由此可知他的經濟情形，一定不是怎麼好了。」

「恐怕是的，你想，花一百元買一份這樣的地圖——」

「你先打電話和他聯絡一下，告訴他半小時內，我們去拜訪他，你不必說我們知道他，只說……我們是他演講的聽眾就可以了。」

穆秀珍又拿起電話，接通了金都酒店，她對接線生道：「麻煩你，接七一七號房，包博士，包發達博士的電話。」

可是，她得到的回答卻是出乎意料之外的，她聽到了一個十分熟悉的男人聲音，道：「小姐，剛才也是你來電話查問包博士的，是不是？」

穆秀珍十分不愉快，道：「是我？又怎麼，請你替我接通他的房間，我要找他聽電話！」

那男人又問道：「小姐，你和包博士是什麼關係？」

穆秀珍大怒，道：「你又是什麼人？為什麼諸多查問？我是他的朋友，朋友，你聽到了沒有？快替我將電話接過去！」

出乎穆秀珍的意料之外，電話那邊竟然叫出了她的名字來：「秀珍，你是秀珍，是不是？你難道聽不出我是什麼人麼？」

「哈！你是高翔？這是怎麼一回事？」

穆秀珍轉過頭來，道：「蘭花姐，太奇怪了，我打電話到金都去，卻是高翔來聽電話。」

木蘭花一怔道：「糟糕，包博士出事了！」

穆秀珍也是一呆，忙道：「高翔，可是包博士出事了？」

「是啊，他死了。」高翔回答著。

高翔的回答十分大聲，連木蘭花都聽到了。

「告訴高翔，我們立刻來。」

「高翔，你等著我們，我們立刻就到！」

二十分鐘之後，她們趕到了金都酒店。

她們來到酒店門口的時候，恰好看到黑箱車停在酒店的門口，兩個人抬著一個擔架，走了出來，從擔架的白布下，發出一陣難聞的焦臭味。

酒店的門口，有兩個警員守著。

那兩個警員一看到木蘭花，道：「高主任在死者房中，請兩位立即就去。」

木蘭花和穆秀珍立時上了電梯，等到走出電梯的時候，七樓的走廊中全是水，還有幾個消防人員正在做善後的工作。

七一七的房門大開著，等到木蘭花和穆秀珍兩人來到房門口時，只見高翔正在房中。房中顯然才被一場烈火焚燒過，幾乎所有的東西都是焦黑的和濕淋淋的。

高翔從地上拾起了幾個燒剩的紙角，正在研究著。

木蘭花踏進了房間，道：「他是被燒死的？」

高翔道：「是的，侍者一直聽得他在房中怪笑，在嚷叫著世人全當他是騙子，侍者也不以為意，因為他來了兩天，行動一直很古怪，他曾要把一份據說可以找到西班牙著名海盜的藏寶圖送給酒店，當作一星期的租金，當然為酒店所拒絕，直到他的房間中有濃煙冒了出來，侍者才敲門，可是無人應門，等到消防人員破門而入時，已經是這樣子了。」

木蘭花四面看了一下道：「什麼也沒剩下？」

「全燒光了，你找的是什麼？」

「他隨身所帶的那幾百份地圖。」

「當然全燒去了，他可能就是用那幾百份地圖，淋上了汽油來燃燒的，蘭花，那些地圖是他用來行騙的道具，你問這作甚？」

「高翔，別太輕率地對事情作論斷。」

高翔呆了一呆，道：「這是怎麼一回事？這裡任何人都可以證明他是一個騙子，他見人就兜售他的藏寶圖，可是他卻窮得幾乎連房租也付不出。」

木蘭花嘆了一聲，道：「請你看這封信。」

高翔只用了一分鐘的時間，便看完這封信了，他呆了半晌，道：「你們來遲了，照這樣說來，他下午的演講會，一定一份地圖也不曾賣出去了？」

「是的，所以他感到絕望，我猜想他本來倒不一定是想自殺的，他只是感到傷心，所以一怒之下，就把所有地圖全都燒掉——」木蘭花深吸了一口氣，道：「但是當他看到數十年的心血無人賞識，不得不燒毀之際，他情緒激動了起來，就自己也撲到了火中，唉，我們是來遲了。」

高翔搖頭道：「蘭花，這不是世人的過錯，如果沒有特別的介紹，他的地圖當然是一份也賣不出去，誰肯相信？」

「我們不妨找找看，可能他會將一兩份他認為特別精彩的留下來。」木蘭花建議著。

他們三人一起在房中尋找著，但是卻一無所獲，酒店的櫃臺又沒有他存放的東西，也就是說，他一生的心血，全都付之一炬了！

他們唏噓了半晌，便分了手。

木蘭花一直悶悶不樂，回到了家中之後，也是好半天不講話，穆秀珍足足打了三十分鐘電話，將事情的始末全講給雲四風聽。

雲四風在電話中大叫「可惜」，道：「如果下午我和你在一起，那我一定會和他交談，說不定我會向他買一張地圖的。」

穆秀珍呸了一聲，道：「你別說風涼話了！」

木蘭花則一直不出聲，穆秀珍竭力想逗她講話，但是她始終不出聲，最後，好不容易等她開了口，她卻道：「包博士應該將他認為最精彩的一份留下來的。」

「為什麼？反正沒有人相信他！」

「那位教授向他提到過我，他應該相信我會信他。」

穆秀珍聳了聳肩，她覺得木蘭花有點不可理喻。

可是，到了第二天的下午，她就改變了看法，對木蘭花又佩服至極了。

第二天的下午，她們接到了一疊極厚的掛號郵件。

當那封牛皮紙袋的掛號郵件一送到木蘭花手中的時候，木蘭花便叫了起來，道：「秀珍，我沒有料錯，那是包博士給我的。」

穆秀珍還在不信，道：「你怎麼知道？」

木蘭花已撕開了信封，自信封中抽出一個膠袋和一張信紙來，那種膠袋，穆秀珍一看就認了出來。

木蘭花將膠袋放在一邊，先去讀那封信，信是用一種顫抖筆跡的英文寫的，可見寫信人當時的心情之壞。

那封信是這樣的：

木蘭花小姐：

我從陳教授處聽到你的名字，並且知道了你是一個值得敬仰的人，本來我是應當來拜訪你的，但是我已經經歷了太多的失敗，當我的兩次演講會都徹底失敗之後，我已經完全絕望了，若是我來拜訪你而又失敗的話，那我一定會發狂——那比死亡更可怖。

當你展讀這封信時，世界上可能已沒有了我這個人，也沒有了我數十年來研究成功的心血，但是其中的一份地圖，是我自己認為可靠程度最高的，我交給你。有關這份藏寶的一切資料，全在那膠袋之內。

我只希望你能夠組織一個尋寶隊，如果有所發現，百分之三十，自然依例歸當地政府所有，其餘就全是你的，而據我的估計，那地方是一個地下的藏寶城，你將成為世界上最富有的人。而我，則不需要什麼，我只要一座世界上最豪華的墳，同時，在墓碑上，要刻上我的名字，並且說明我從事的工作，讓那些我向他們兜售過地圖而他們將我當作騙子的人，後悔一生！

請接受我的請求，請相信我。

信末，則是菲德烈．鮑的簽名。

木蘭花看完了信，穆秀珍站在木蘭花的身後，也將信看完了，她忙道：「蘭花姐，快拆開那膠袋看看，他留給我們的是什麼。」

木蘭花伸手按在膠袋之上，神情十分嚴肅，道：「秀珍，在我們拆開膠袋之前，我們先要決定，是不是相信他的話。」

穆秀珍道：「當然相信。」

木蘭花又問道：「那我們是不是到他地圖所載的地方，去尋找他所說的寶藏？」

穆秀珍呆了一呆，道：「你說呢？」

木蘭花道：「我說去！」

她的話十分之堅決，她這種堅決的態度，可能是由於她未能及時挽救包博士的生命，因而感到應該對包博士有所補救而引起的。

「你去，我當然也去。」

「那麼，通知雲四風來，要組織一個尋寶隊，需要大量的金錢，沒有他的資助是不行的，同時，通知高翔也來參加！」

穆秀珍連忙分頭去打電話。

而木蘭花居然有那麼好的耐性，她的手一直按在那膠袋上，而不將之拆開來，穆秀珍急得團團亂轉，可是也只好等著，直到高翔和雲四風兩人全都趕到，並且看到了那封信，木蘭花才像是在舉行什麼宗教儀式似的，將膠袋拆了開來。

膠袋之中是一份地圖，穆秀珍立時將地圖打了開來。

地圖是手繪的，在地圖上寫的字，一望而知，是包博士的筆跡，那是一個城市的地圖，全是用深紫色的墨水畫出來的。但是在左下角，有一小塊地方，卻是綠色墨水畫的。

除了那張地圖之外，便是一疊文件，文件的大題是：「迦太基城在布匿戰爭後期修建南城的秘密，以及南城真正用途」。

文件的內容也不十分長，而且，極具說服力。全文如下：

「迦太基（CARTHAGE）本是腓尼基人之殖民地，商業異常發達，為公元三百年最富庶之地，後腓尼基人勢力漸弱，迦太基乃告獨立，更形繁華，古史形容迦太基遍地黃金，當時世界上的豪富集中於迦太基，而商業勢力之擴展，影響及羅馬帝國的勢力，雙方勢不相容，遂爆發了布匿戰爭（PUNIC WAR），這場戰爭，共歷時一百二十餘年，征戰不絕，羅馬人終於在公元前一百四十六年攻下迦太基城。

「迦太基城是世界上財富的集中地，當攻陷迦太基城的消息傳到羅馬，羅馬舉城若狂，以為羅馬帝國從此可以獲得大量財富，他們估計在迦太基城中所得的黃金，可以供羅馬造一座高達四十呎的神像之用，貴族之間，甚至已因為神像的建立地點而開始爭論了。

「然而，當羅馬全城歡欣欲狂之際，攻入迦太基城的羅馬軍隊，卻大失所望，他們在舉世聞名的財富之城中，竟找不到什麼，他們只找到數量極少的黃金，從此之後，迦太基便沒落了，一直到公元四三九年，才有任達爾人建國，公元六九八年，其地為阿拉伯人所焚毀，當時，離羅馬人攻陷迦太基，將近八百五十年。

「在這八百五十年中，迦太基全城財富失蹤，一直是一個不可解的謎，迦太基城中的財富，幾乎是當時世界所有財富的一半，但絕未落入羅馬軍隊的手中，事後，率領軍隊攻入迦太基城的將軍，都曾受到嚴格的審查，因為羅馬方面懷疑他們吞沒了財富。阿拉伯人之所以要焚毀迦太基城，是由於他們堅信迦太基的財富被藏起來了，他們希望大火會將隱藏的財富暴露出來，但是迦太基城整個被毀了，卻沒有找到絲毫財富。

「自從迦太基城被徹底焚毀後，遺址已被沙所遮蓋，連憑弔古蹟也不可能了，世人一直在懷疑迦太基財富的去向，但卻沒有追尋的線索。

「一直到一批迦太基有關布匿戰爭的記錄被發現，我才找到了端倪。

「那一批記錄是極其零碎的，但是在這許多記錄中，卻發現在布匿戰爭的後期，迦太基人動用了許多人力，在迦太基城的南部修建城樓。羅馬人自北攻入，修建南面的城牆，對軍事方面是毫無作用的，而且其時，迦太基人的海軍，幾乎已全軍覆滅了。

「研究所有的記錄，修建南城，在當時一定是在極其秘密的情形下進行的，在官方的記載中，隻字也未曾提及，只見於私人的記錄之中。而即使是私人的記錄之中，也都是詞意隱晦，閃爍其詞，幾乎每一句話，都更像猜謎似地去猜。

「在記錄中顯示，迦太基城中最好的建築師和工程師，全集中在南城工作，還有許多熔金匠也參加了工作，是以可以估計，所有的黃金全被熔成了整體。工作而且是日以繼夜的——一個著名建築師的妻子，曾在一首小詩中抱怨她的丈夫，已有六個月未曾回家了。

「而事實上，當羅馬軍隊攻入迦太基城之後，沒有在南城發現什麼。當時在迦太基城所建築的，一定是一座地下城，專供藏全市財富之用的。那是一項極巨大的工程，而其時，迦太基人一定已自知難以抵擋得住羅馬人的進攻了！

「迦太基人打不過羅馬人，他們所能做的，就是將迦太基全城的財富盡量地藏起來，不留一點給羅馬人。而在亡國的憤怒心情之下，迦太基舉國一心，沒有一個人暴露這個秘密，迦太基城的財富，被完整地保留了下來。在地下。

「我根據所有的資料，歷時七年，繪出了迦太基城可能的地圖，並勾勒出修建的地下城輪廓。被埋藏在地下城中的財富，是不可估計的，誰發掘到了這批財富，誰將毫無疑問，是世界上最最富有的人了。」

他們四個人一起讀著那一段記載，等到看完之後，人人都屏住了氣息，一聲不出，好一會，穆秀珍才問道：「究竟有多少？」

雲四風答道：「正如包博士所說，那是難以估計的，可能所有財富被發掘出來之後，其中黃金的數量之多，遠在美國的諾士佛堡金庫之上！」

穆秀珍的臉有點發青，道：「天啊，那實在太多了，我們該用黃金來建造包博士的墳墓！」

木蘭花道：「可是首先我們得發現這一切。」

「包博士說得十分清楚，那是應該可以發現的。」穆秀珍興致勃勃地說：「我們立即就去，就我們四個人就夠了！」

木蘭花道：「我們既已決定去了，那當然是勢在必行，但是我要先走一步，我要去研究包博士曾經研究過的資料，看看它的可靠性，你們在這裡做準備工作。」

高翔等三人都點頭同意。

2 尋寶隊

第四天，木蘭花便飛向埃及。

木蘭花在開羅大學的資料室中，研究了足足兩個月，穆秀珍和高翔、雲四風三人，則忙於各項準備工作，包括和當地政府的接頭。

迦太基的舊址，是在北非洲突尼斯共和國境內，這個國家的政府，對於尋寶一事，似乎不怎麼起勁，而且他們的辦事效率也很低，申請書呈到了該國的內政部，好久沒有下文。

後來，還是高翔想到了薩都拉，那是一位阿拉伯國家的總理，靠著他和突尼斯政府的交涉才算是批准發掘工作的進行。

當然，按照國際慣例，如果有所收穫，百分之三十是歸突尼斯政府所有的，而一切費用，則全歸發掘者自行負責。

在三個月之後，雲四風接到了木蘭花的長途電話：「可以動身了，經過研究，包博士所持的論點，是極有根據的！」

而雲四風訂購的敏感度極高的電磁波黃金探測儀，也已經啟運了，當然直接運到北非去，所有的應用物品，都已陸續啟運了。

高翔請了四個月假，和雲四風、穆秀珍一起飛到開羅去，他們在開羅和木蘭花會面，然後，同赴突尼斯的首都。

一路上，木蘭花講著她這三個月來研究的所得，她有了新的發現。

木蘭花的新發現，是包博士也曾提到過，但是卻沒有強調的，那便是當時迦太基城中煉金匠的動態。

木蘭花找到了不少典籍中，記載著迦太基城的煉金匠，幾乎全部停止了他們正常的工作，而集中在南城，因此木蘭花可以肯定地說，迦太基城中的黃金，一定曾被集中起來，熔鑄成了什麼東西。

對於木蘭花的這個新發現，高翔等三人都十分興奮。

他們一行四人，在突尼斯市等候著器材，和就地購買著一些可以買得到的東西。由於他們是曾向政府公開申請發掘寶藏的，是以他們的行蹤無法保持秘密，通訊社將他們到達的消息當作花邊新聞發出去，他們也就成了新聞人物。

這是使他們感到十分頭痛的事，而更使他們感到頭痛的是，他們的尋寶隊，當然不能就靠他們四個人就能夠辦事的。

他們需要許多司機、廚子、雜役、泥工、推土機手等等，而當他們登報招請這些人手的時候，來應徵的人之多，使得他們居住的酒店提出嚴重抗議。

出乎他們意料之外的，前來應徵的本地人並不很多，而有很多白種人，其中一部分是美國大學生遊客，想趁機賺些工資，好繼續他們的遊程，這一部分人，他們都毫不猶豫地聘用了。

但還有一些人是則顯而易見是來自各地的冒險家，也有的是小型的尋寶隊，但在失敗之後，一直流落在突尼斯的。

更有的，凶神惡煞，一望而知不是善類，看來可能是法國外籍兵團留下來的煞星，這些人，都給他們用各種各樣的理由打發走了。

在那幾天亂鬨鬨的日子中，高翔和雲四風表現了他們的組織才能，他們將一切事情處理得有條不紊，井井有理。然後，他們只等那具黃金探測儀的運到了。

那是一個晴空萬里的早晨，北非的秋天，乾燥晴朗得使人像是處在真空地帶一樣，一早，木蘭花、穆秀珍和雲四風，便帶著浩浩蕩蕩的尋寶隊出發了。

說尋寶隊「浩浩蕩蕩」，那絕不過分，因為它包括七輛十輪大卡車，四輛吉普車，兩架直升機，和一架雙引擎四人飛機。

兩架直升機由僱來的駕駛員駕駛，木蘭花則駕駛那架小飛機。雲四風駕駛著一輛吉普車領隊，而穆秀珍則駕車殿後。

高翔比他們更早離開酒店，因為他另有任務。

高翔的任務是到機場去，今早，那具由美國訂購的黃金探測儀可以運到了，這具珍貴的雷達黃金探測儀，價值七十萬美金，是他們尋寶隊最主要的儀器，只要是雷達波可以透射的地方，在五十公呎的距離內，它就會有極靈敏的反應，即使以美國的工業水平，目前也只有一具。

飛機在七時到達，他們計劃，高翔在收到了那具探測儀之後，再駕車找近路，他們可以在兩百七十哩之外的第一站會面的。

高翔是駛著一輛吉普車直赴機場的，他到達機場的時候，是六時五十三分，當他準備和機場人員聯絡之際，看到兩個機場人員慌慌張張地奔了過來。

高翔呆了一呆，那兩個機場人員揚著手，叫道：「六七七號專機，在半小時前，失去了聯絡！」

高翔的心中又驚又怒，這是意想不到的變化，如果沒有那具探測儀，那麼他們的工作，將遭到意料之外的困難，幾乎是無法進行的！

即使可以再訂購一具，但是那至少又得三個月的時間，他自己本人就沒有辦法在突尼斯長期枯候下去的，而且事實上，並無這個可能，因為要製造那樣一具探測儀，是極其困難的事，廠方會打亂生產的計劃，這一具，也還是雲四風的特別情面才生產出來的，可以說，這是世界上獨一無二的一具了！

高翔的額上滲出了汗珠，他急急地問道：「出了什麼事？可有接到什麼報告？」

「沒有，半小時之前突然失去了聯絡，當時，飛機應該在地中海的上空，飛機在失去聯絡之前，曾報告有可疑的不明國籍的飛機接近它！」

高翔深深地吸了一口氣，他早就怕他們前來尋寶的消息公開發表之後，會引起麻煩，如今，麻煩果然來了。如果這麻煩是來自敵人的話，那麼他們的敵人，一定是十分難以對付的敵人，因為敵人方面，一開始便打中了他們的要害之處。

沒有了探測儀，整個尋寶工作，將陷於癱瘓！

高翔和那兩個機場人員，匆匆地進了控制室。

這時候，早就應該是飛機降落的時刻了，但是飛機的影子也不見，控制室的工作人員忙碌地和各方面進行著聯絡。

終於，消息來了，地中海的一隊捕魚船上，曾目擊三架沒有任何國家標誌的飛機，逼著一架美國飛機，向西飛了出去。

那也就是說，探測儀被劫走了！

高翔深深地蹙著雙眉，他第一件事所想到的是：必須和木蘭花他們會合，和他們一起商量，如何應付這突如其來的變化。

他準備向機場當局商借一架飛機去追趕木蘭花，可是他還沒有開口，另一個機場人員卻走了進來道：「高先生，在餐室中，有一位先生要見你。」

高翔呆了一呆，道：「我在這裡，不認識什麼人！」

「這是他的名片，高先生，是他要我轉交給你的！」

那機場人員遞過了一張名片，高翔才一接過來，便呆了一呆，那張名片是用銀鑄的，銀片上，用金絲盤鑄出花巧的字體，是一個名字：

高・龐洛蒂・布卡。

那像是一個義大利人的名字，而且從這張名片來看，他毫無疑問是一個大亨。

高翔心中略想了一下，便道：「好，請你帶我去！」

那機場人員帶著高翔，來到了布置華美的機場餐室之中，直將他領到了一張桌子之前，才退了開去，高翔一手按在桌上，打量著那個人。

那是一個至少有二百五十磅重的大胖子，他身上的一切，無不表示他是一個第一流的大富豪，他坐著，也冷冷地用眼打量著高翔。

雙方僵持了好一會，高翔才冷冷地道：「你找我？」

「是的，請坐！」大胖子的聲音，十分柔和。

「你是誰，我不認識你。」

「高先生，我的名字，你聽來自然感到生疏，但如果你聽到了我的外號，我想你一定肯坐下來和我談話了，我的外號，叫作『胖煞神』。」

高翔陡地一呆，他不由自主，在胖子的面前坐了下來。

胖子笑了起來，聲音仍然是那樣柔和，道：「你願意和我談話了？」

高翔的心中又驚又怒，因為他眼前的這個胖子，是義大利最大犯罪組織，勢力甚至一直擴展到美洲的黑手黨的首領！

關於胖煞神，不論是在犯罪集團方面或是在警界，都流傳著各種傳說，說他是一個神出鬼沒的人物，說他的生活享受，連沙烏地阿拉伯王都自嘆不如，他手下控制的黑手黨黨徒，數字最多的時候，超過一百萬人，雖經警方歷次掃蕩，勢力已大不如前，但是「黑手黨」仍然是世界上最著名的犯罪組織之一！

而如今，這樣的一個人，在籍籍無名的突尼斯機場上出現，而且提名要和自己相見，他是為什麼而來，實是可想而知了！

高翔盡力使自己鎮定，和使自己的聲音聽來冷冰冰，他道：「好的，我想，你已經成功地劫持了那架飛機，將那具探測儀弄到手了，是不是？」

胖子布卡「啊」地一聲，道：「原來你已接到了消息！」

高翔先發制人，道：「如果只是這件事，我想沒有好談的，這具探測儀在啟運之前，就買好保險的，它在中途被劫，只是保險公司倒楣而已，我建議你和保險公司去談談，他們或者會出一半的價錢，向你收買也說不定的。」

胖子笑了起來，道：「高先生，可是我卻知道這具探測儀對你們的意義是極之重大的，你們將可藉它發現兩千年之前，整個迦太基城的藏金！」

高翔並不出聲，只是報以一連串的冷笑。

胖子布卡又笑了起來，道：「說來你也許不信，迦太基城的藏金，我是有權利獲得的。」

高翔實在按捺不住怒意，道：「那是你的盜賊邏輯。」

「不，不，絕對不，」胖子布卡一本正經地搖著手，他手上的一只極大的鑽戒，發出眩目之極的光芒，「我是西西里人，但是我的祖先卻是羅馬人，我的祖籍，可以追述到羅馬的全盛時代，我的祖宗正是羅馬征服迦太基城的大將，因為征服了迦太基，而得不到寶藏，是以才被貶謫到西西里的，我的祖先連年征戰而未曾得到的寶藏，如今由我來得到，這不是很公道麼？」

高翔聽到了這一篇歪理，「哈哈」大笑起來。

「我也知道包博士其人，」布卡繼續說著：「事實上，我也先後組織了不少尋寶隊，作過嘗試的搜尋，但是卻一無所獲。」

「當然你不會有收穫的，你做將軍的祖先都找不到，做盜賊的子孫又怎會找得到？」高翔用尖酸的話去對付這胖子。

胖子布卡搖了搖頭，道：「盜賊和將軍倒是沒有多大分別的——但我們如今不必去討論這種哲理上的問題，我想請問，你們這次不惜巨資組織了規模如此浩大的尋寶隊，是不是一定有把握？」

「這誰能肯定？」高翔反問。

「當然，誰也不能肯定，但是我對你們的行動卻十分有興趣，我想參加股份。」胖子布卡直截了當地提出了他的要求。

高翔冷冷地道：「我們不感興趣。」

胖子布卡的手按在桌面上，身子向前俯來，以致他面前的那杯咖啡也傾出了少許，他道：「你們會感到興趣，因為我有那具探測儀，你將會和我合作。」

高翔霍地站了起來。

然而，就在他剛一站起來之際，鄰桌的兩個人本來是背對著他的，這時卻以極快的動作轉過身來，他們的手中，各握了一柄槍，對準了高翔，道：「坐下來，高先生！」

高翔本來是想要撲過去，先令胖子布卡嚐一頓苦頭的，但是，在如今這樣的情形下，他的目的自然無法達到了。

他整了整衣領，坐了下來，道：「胖子，我們的行動，是依照正式手續申請的，我們和突尼斯政府之間訂有合約，突尼斯政府的軍警，將會保證我們工作進行的順利的。」

「我完全同意，兄弟，你一叫嚷，機場的警衛人員立時將我們帶走，由於捉到了我，突尼斯的警察將揚名國際，捉到我的那幾個警員，可得到一筆一世吃穿不盡的獎金，我將被引渡到義大利去，可能被判終身監禁，我全知道，兄弟！」

高翔冷笑道：「你既然知道，就該識趣些。」

胖子布卡攤開了雙手，道：「可是，就算我被判終身監禁，對你來說，又有什麼好處？那具探測儀，現在被藏在最妥善的地方，就算你動員集中在地中海的所有艦隊，也是找不到的，沒有那具探測儀，你們就沒有了一切，不是嗎？」

高翔無話可說了！他一上來，就想到敵人是不容易對付的，因為敵人方面掌握到了要點：他們的確是不能沒有這具黃金探測儀而展開工作。

他呆了半晌，才無可奈何地問道：「你所說的一半，究竟是什麼意思？」

「一半，自然是所得的一半，除去了應該給突尼斯當局的百分之三十後的一半，而且，我還要參加搜尋發掘的工作。」

「你？布卡先生，」高翔有點不屑地說：「搜尋發掘工作將在沙漠中進行，這絕不是你這種養尊處優的人所過得慣的日子。」

「高先生，你錯了，我絕不是過慣養尊處優日子的人，我雖然胖，但是我一身全是結實的肌肉，你不妨看看我的指力！」

布卡拿起了咖啡杯旁的銀匙，他的兩指用力，把銀匙彎成兩個圈兒，然後，他又用手將之拉直，才道：「你看到了沒有？」

高翔再度站了起來，道：「我看到了，但是這件事，我自己不能單獨決定，我必須和其餘的人商量，然後再作打算。」

「這是公平的措施，尋寶隊已經向北出發了，我和我的助手，和你一起去追尋他們，你可以坐我的專機去，你意見怎樣？」

高翔回過頭去，向一直在他身後用槍指住他的那兩個漢子望了一眼，那兩個漢子全是一臉精悍之色，顯然全是黑手黨中的高級人員。

高翔心知布卡的「邀請」，實際上就是押著他一起去見木蘭花，那樣，布卡的手中，不但有探測儀，而且還控制著高翔，有兩張「王牌」了。

看來，在如今這樣的情形下，不答應也是不行的了，而如果在見到了木蘭花之後，自己這方面看來是很容易扭轉劣勢的。

是以他爽快地點了點頭，道：「好。」

胖子布卡「呵呵」地笑著，站起身來，拍著高翔的肩頭，道：「看來我們是可以合作的。」

當他伸手拍到第三下的時候，高翔的身子，突然迅疾無比地向旁一側，左手一翻，向胖子的手腕倏地疾抓了出去！

可是他的動作快，胖子的反應也絕不慢，就在他五指一緊之際，胖子已突然縮手，身子「托」地向後跳出了一步！

真難以令人想像，他的身軀如此之胖，但是動作卻是如此矯捷！

高翔抓了一個空，他們一起笑了起來，好像是老朋友之間，開了一個善意的玩笑一樣。

布卡的專機，也是一架單引擎的四人小飛機，這種小飛機的方便之處，是它幾乎和直升機差不多，在一個良好的駕駛員的駕駛下，幾乎可以在任何地方降落，一個優秀的駕駛員，甚至表演過將飛機降落在一輛卡車的頂上！由此也可知它的靈活了。

高翔被安排在駕駛員之旁，駕駛員是那兩個漢子中的一個。胖子布卡和另一名大漢，則坐在高翔的後面，當然是監視著高翔的。

飛機起飛了，駕駛員的技術是第一流的，飛機向北直飛了出去。很快地，突尼斯市便看不到了，展露在前面的，是一片沙漠。間或可以看到不少駱駝隊，像甲蟲一樣地在沙漠中爬行著，飛機並不算飛得太高，但是從上面望下去，視野已經夠遠的了。

一小時後，他們看到了車隊。

駕駛員就無線電通訊儀遞給了高翔，布卡在他的身後道：「試和車隊聯絡，我們已發現他們了，聯絡上了，告訴他們，你來了！」

高翔是知道車隊的無線電通話周率的，他和車隊通話，自然是十分容易的事，不到一分鐘，他已聽到了雲四風的聲音。「高翔，是你麼？你在哪裡？為什麼坐飛機來？」

「發生了意外，四風，蘭花呢？」

「你再向前飛去，就可以看到她了，她駕著飛機，在前面盤旋，發生了什麼事，高翔，你本身沒有什麼意外吧？」

「暫時沒有，但是我們有了不速之客，請你和木蘭花聯絡，叫她在車隊之前停下來，同時要車隊也停下，我將在車隊停止行駛後降落。」

雲四風呆了半晌，他顯然在高翔的吩咐中，覺出了事情的不尋常，是以他略停了一停，才道：「好的，我們準備歡迎這不速之客。」

高翔將無線電通話儀交還給了駕駛員。

飛機繼續向前飛著，三分鐘之後，車隊已停了下來。同時，看到在前方，有一架小型飛機，也迅速地向著車隊飛了過來。

那當然是木蘭花的飛機了。

兩架小型飛機，幾乎是同時降落的。

飛機降落之際，黃沙飛揚，幾乎將機身都包住，雲四風和穆秀珍兩人向前奔來，首先從黃沙中「鑽」出來的是木蘭花。接著，高翔走在前面，胖子布卡和那兩個漢子跟在後面，高翔和他們三人走得十分近，木蘭花等三人一看到這等情形，便知道高翔受制了。

穆秀珍立即一躍向前，叫道：「高翔！」

高翔也連忙搖手，道：「秀珍，你放心，我本身絕無問題，但是，那架載運探測儀的飛機，卻被這位黑手黨的首領『胖煞神』布卡劫走了！」

高翔的話十分簡單，卻不但介紹了胖子布卡的身分，而且將整件事情的經過也講完了，令得木蘭花三人迅速地明白發生了什麼事。

木蘭花立時蹙起了雙眉，雲四風「啊」地一聲，穆秀珍大怒，道：「胖煞神，你想怎樣？」

「一半。」胖子布卡立即回答。

「不可能！」穆秀珍叫了起來。

胖子布卡聳了聳肩，不置可否，他卻望向木蘭花道：「這一位一定是木蘭花小姐了，我在我的許多同業的口中，聽到過你的大名！」

木蘭花淡然一笑，道：「布卡先生，你的大名也久仰了，你不以為你的要求太過分一些了麼？你在做沒本錢的生意，你們以為我肯答應麼？」

布卡道：「小姐，我也將參加工作，我對迦太基的寶藏極有興趣，其原因，我已然和高翔講過了，不妨請高先生複述一次。」

高翔氣憤地將布卡的歪理講了一遍，木蘭花大笑了起來，道：「照你這樣說，迦太基人的寶藏，應該是全屬於突尼斯人所有的了！」

胖子布卡沉聲道：「小姐，我還確信，我掌握著不少線索，是極其寶貴，是你所沒有的，你研究寶藏的所在地，是從迦太基人的資料著手，但是我卻有許多羅馬人方面的資料，我有迦太基城原來正確的街道圖，你可有這種資料？」

「我也有一張。」木蘭花冷靜地回答。

「我知道，你那張是包博士所繪的，曾在開羅大學的學報上發表過，他那張有好幾處錯誤，而我的那張，則是當時的羅馬將軍直接繪在羊皮上的！」

木蘭花沉思著，不出聲。

胖子布卡又道：「而且，我還有許多資料，我們可以放在一起研究，我們的共同目的，便是將迦太基人的寶藏，發掘出來！」

木蘭花仍然不出聲。

穆秀珍顯然不耐煩了，若不是雲四風接連不斷地向她使眼色，示意她別開口，她一定罵了起來了，這時，她只是怒視著布卡。

胖子布卡又道：「自然，我是黑手黨的黨魁，你們若是和我合作，只怕不怎麼好聽，但是我可以作出一個許諾來的。」

木蘭花沉聲道：「什麼許諾？」

「在得到了寶藏之後，我得到了全部的百分之三十五之後，我將其中的大半，用來作為解散黑手黨之用，那樣，可以使歐洲、美洲兩地的犯罪事件，每年減少百分之三十七左右！我想，這是你們所樂於聽聞的一種許諾。」

穆秀珍實在忍不住了，叫道：「蘭花姐，別聽他的。」

木蘭花卻並不理會穆秀珍，只是道：「這倒是一件很有意義的事情，但是你可以做得到這一點，而使你的黨徒都滿意麼？」

「哈哈，」胖子布卡笑了起來，「恕我直言，你們對迦太基城財富的認識可能不足，在布匿戰爭之前，羅馬商人曾到過迦太基，迦太基的富戶，所有的用具幾乎全是黃金的，你們想想，再加上無數的寶石，這財富的總字將是多少？有了錢，還有什麼事辦不到的。」

「你捨得用那麼多錢去遣散黨徒麼？」木蘭花再問。

「小姐，你對金錢的認識，可能和我不一樣。我的認識是，一個人有五百元和有一千元，大不相同，但是有五億元，和有十億元，那卻是沒有分別的，人的享受是有一個極限的，超過了那個極限，多餘的金錢便成為沒有用的廢物了。」

木蘭花點著頭——這令得穆秀珍大是生氣。

接著，木蘭花又道：「你憑什麼使我們相信你的許諾？」

胖子布卡笑了起來，道：「那麼我又憑什麼相信你們一定會分百分之三十五給我呢！你們大可以在得到探測儀，和在我們的合作下，尋到了寶藏之後，將我交給當地政府的，是不是？正如你們中國人所說的，我們所憑的，只是一句話！」

穆秀珍又叫道：「蘭花姐！」

可是木蘭花卻揚起手來，阻住了她再講下去，她道：「那麼，我們需要的是真誠的合作，你們身上的一切武器都必須放棄。」

胖子布卡立即回答，道：「這是絕不公平的，我們一定要保留武器，但是我們絕不會使用的，除非你們逼我們使用！」

他講到這裡，頓了一頓，道：「我這兩位助手，他們全是歐洲最著名的神殺手，你們可以看看他們的表演，然後知道他們不是好惹的！」

胖子布卡突然取出了一枚硬幣來向空中拋去。那兩個人立時拔槍，「砰砰」兩下槍聲響起，那枚硬幣在半空之中，向上連跳了兩下，才落了下來，落在沙粒之上。

不必將那枚硬幣拾起來，人人都可以看到，硬幣上有兩個槍孔，胖子布卡面有得色，穆秀珍又冷笑道：「這有什麼了不起！」

木蘭花卻道：「好槍法，布卡先生，我們合作罷！」

她伸出手來，和布卡握了一下手。

3 出師未捷

木蘭花的這個決定，是頗出人意料的，高翔等人都知道木蘭花是一向不肯和歹徒妥協的，胖子布卡可以說是歹徒之尤，木蘭花居然肯和他合作，唯一的理由，便是木蘭花相信這樣做，可以使「黑手黨」在無形之中解散，不再存在。

然而，胖子布卡的一句話，木蘭花當真就相信了？但當時，木蘭花既然已答應了，他們自然也不便說什麼，都和布卡握了手，只有穆秀珍，憤然轉過身去，不睬布卡。

木蘭花道：「好了，那具探測儀呢？」

布卡笑道：「我知道你們一定肯接受我的加入的，所以我當時的命令便是：劫持飛機，卸下探測儀，放飛機回去，將探測儀運到目的地去。」

「你是說，探測儀已在前面目的地了？」

「是的，木蘭花小姐！」

他們又一起笑了起來。

但是最愛笑的穆秀珍，卻一點也不覺得有什麼好笑，她緊板著臉。

木蘭花下令車隊繼續前進，她和雲四風則一起搭飛機前往。

胖子布卡和他的兩名助手，也上了飛機，等飛機升空之後，車隊才繼續向前移動。

沙漠中行車的速度，是不可能太快的，一直到天色完全黑了下來，車隊才算到達了預定的第一站。工作人員紛紛搭起了簡單的帳篷，準備在這裡過夜。

穆秀珍跳下車子，越過車隊，找到了高翔，她仍然鼓著嘴，高翔笑道：「怎麼樣？沙漠行車的滋味不太好，是不是？」

穆秀珍道：「我才不怕哩！」

「那麼，你為什麼不高興？」

「蘭花姐真莫名其妙，胖子布卡這樣的人，也和他談合作，氣死人了！」穆秀珍氣呼呼地用腳踢著地上的沙粒，大聲說。

「秀珍，蘭花的決定誠然出人意料，但也不是沒有原因的，你想，黑手黨的勢力何等大，如果因為這件事而能使之煙消雲散，豈不好？」

「你們都犯了一個毛病，相信胖煞神的話！」

「那是一樣的，他如果反悔了，我們也可以反悔的！」

「是了！」穆秀珍叫著，「那時，金子已到他的手中了！」

高翔來回踱了幾步，道：「那我相信蘭花一定有預防的辦法的，來，我們去參加他們的晚餐，你聞聞，好香的濃湯！」

晚餐說不上豐富，但是可以使人吃得很飽，晚餐後，幾個美國小伙子彈著吉他，唱著歌，燃起了篝火，有一個比較大膽的，還邀穆秀珍跳舞，穆秀珍答應了，她立即成為所有人邀舞的對象，在荒僻的沙漠中，出現了前所未有的熱鬧。

高翔則和木蘭花聯絡了一下，知道他們已到了目的地，探測儀已卸下，正在安裝，明天車隊一到，就可以正式開始工作了。

沙漠之夜是極其寂靜的，而且日間艷陽高照，汗流浹背，到了晚上，卻是夜涼如水，高翔在眾人全進入睡鄉之後才睡去。

第二天一早，車隊又繼續前進。

到了第二天下午，他們已看到停在沙漠中的兩架飛機和兩架直升機了，雲四風和木蘭花正在一座如同輕炮也似的儀器旁忙碌著。

那具儀器有一根很長的管子，管子一端，是一個球形的金屬微波感應器，高翔和穆秀珍到了儀器旁，察看了一下，便吩咐在附近紮營。

胖子布卡和他的兩個助手則始終站在儀器旁，等到高翔和穆秀珍安排好了事務，會合在一起之際，胖子布卡道：「我認為我們該拿出大家的地圖來對一對了！」

木蘭花點了點頭，道：「是的，我也是這樣意思。」

他們一行人，一起走進一個很大的帳篷之中。

這時，沙漠中的風正十分勁，沙粒落在帳篷上，發出了「沙沙沙」如同大雨也似的聲音來，而當木蘭花進了帳篷之後，抖開了長髮，許多沙粒自她的髮中落了下來。

在帳篷中，有著好幾具電話，和一張長桌，這裡是指揮部，穆秀珍先用電話和幾個工作隊的隊長聯絡了一下，吩咐他們在不同的地點，先開始挖掘。

當然，這種初步的挖掘，絕不是為了挖掘藏金，而只是為了確定他們所在的位置，因為他們只知道如今大約是在迦太基城的遺址上，至於精確的位置，他們是不知道的，那必須發掘得一點遺跡，然後再和資料相對，那樣才能找到地下南城的所在地。

穆秀珍下達了命令之後，布卡已然取出了一個膠套來，他自膠套中抽出了一張殘破不全的羊皮地圖，攤開在桌上。

木蘭花向那張地圖看了一眼，便是一呆。

因為這張地圖實在太詳細了，上面滿是黑色、藍色或紫色的各種標誌，相形之下，包博士的地圖，簡直只是簡單的雛形！

木蘭花抬起頭來，望著胖子布卡，道：「先生，有了這張地圖，你自己就可以來尋找藏金的，又何必要參加我們的尋寶隊呢？」

木蘭花這樣一問，高翔等三人也知道這張地圖的價值是非同小可的，本來，他們對於胖子布卡的加入，多少有點不樂意，但這時也另眼相看了。

胖子布卡笑了笑，道：「我有幾個原因，可以釋你心中之疑，第一，我如果出面組織尋寶隊，一定無法秘密進行，但一旦公開，不但國際警方會找我的麻煩，黑手黨內的人，也會因利忘義，起了爭奪之念，結果變成悲劇收場。」

木蘭花點頭道：「這點很合理，還有第二點原因呢？」

「第二，我組織尋寶隊，到什麼地方去找尋像你們這樣能幹而勇敢的助手呢？」胖子一面說，一面向四人注視了一眼。

穆秀珍首先笑了起來，好話總是人人愛聽的。

胖子布卡繼續道：「第三，我知道這筆財富的數字實在太大了，我得全部，和得三分之一，是沒有分別的，因為一個人終其一生所能享受的財富，終究是有一個限度的！」

胖子布卡的話，顯然使得四個人都滿意了。

穆秀珍本來是不肯和他握手的，這時卻主動地伸出手去，和他握了一下，道：「好，那我們是真誠的合作，不需要爾虞我詐了。」

胖子布卡笑道：「當然。」

木蘭花抬起頭來，向他身後那兩個寸步不離的保鏢望了一眼，布卡「哈哈」笑著，轉頭道：「你們兩人，自己去找地方休息吧！」

在那兩個保鏢走了出去之後，他們五個人便一起研究著地圖。包博士繪製的地圖雖然不夠詳細，但指出了南城的位置。他們的心中，都充滿了信心。

但是三天過去之後，他們的信心便不免打了一個折扣。沙漠中的生活是十分單調的，尤其是每天只聽到掘沙機發出單調的「軋軋」聲，更令人昏昏欲睡！

木蘭花和胖子布卡兩人卻與眾不同，在沙中即使有一塊拳頭大小的石頭被掘了出來，他們也必然要研究上半天。

這種悶人的情緒，在第三天黃昏時分，夕陽將整個沙漠變得如同黃金般燦爛的時候，卻一掃而空了，所有的工作人員都發出了歡呼聲。

木蘭花等人一接到報告之後，立即趕到了那地點——在那地上，一架掘沙機在十二呎的沙層之下，掘出了半截斷了的石柱。

那石柱十分粗大，足有一人合抱，在石柱上，還有清晰可見的浮雕，是兩條巨大的蛇。

木蘭花在那三個月中，對於迦太基城的一切已經研究得十分詳細了，但是胖子布卡對於這座古城的一切，似乎比木蘭花更熟，他一見便叫了出來：「那是市政廳的四根大柱之一！」

木蘭花立時點了點頭。

那是有記載可供查考的！迦太基市的中心，有一座宏偉之極的市政廳，是主持市政者的辦公廳，那市政廳，有四根大石柱，四根大石柱，各自浮雕著不同的花紋，其中有一根石柱上的浮雕，便是大蛇。

這是一個令人極興奮的發現。

發現大柱的地方，是迦太基市的中心，那麼要判定當布匿戰爭後期興建的南城在什麼地方，實在是十分容易的事了。

木蘭花駕駛著一輛卡車，那具黃金探測儀就放在那輛卡車之上，而由雲四風操縱著儀器，直升機吊起了巨大的探射燈。

太陽雖然已向西漸漸地沉了下去，但是在尋寶隊的工作範圍內，卻還明亮得如同白晝一樣，胖子布卡坐著他部下駕駛的車子，在前帶路。

車子向南駛著，越過了兩道沙崗，已駛出了十哩左右，胖子布卡停了下來，用無線電聯絡儀道：「應該是在這裡了，儀器有什麼反應沒有？」

儀器沒有反應。

雲四風操縱下的儀器，緩緩地轉動著，五十公呎之內的黃金，立時可以引起儀器的反應的，為此，所有的工作人員一律奉命不准帶任何金屬。

但是儀器沒有反應。

雲四風採取的是「蜜蜂回巢探索式」，但是儀器仍然一點反應也沒有，那根靈敏度極高的指針，一直靜止不動。

木蘭花嘆了一口氣，下令工作人員休息。

胖子布卡卻叫起來道：「繼續！繼續工作！」

木蘭花沉聲道：「布卡先生，下命令的是我！」

胖子布卡聲勢洶洶地直衝到了木蘭花的前面，木蘭花的態度仍然十分鎮定。布卡的眼中射出十分凶狠的神色來，望定了木蘭花，道：「別忘記，我也是有份的。」

木蘭花沉著地道：「不錯，你是有份的，這就有必要使所有的人通宵工作麼？」

「你們不幹，我來，我來通宵工作！」

「可以！」木蘭花立時跳下車來。

胖子布卡喘著氣，他的神情顯得異常的激動，連擔心的穆秀珍也看出十分不尋常來了。

他們自然和木蘭花採取同一步驟，在一架直升機之後，他們一起上了直升機，飛回營地去。

當直升機升起的時候，他們看到胖子布卡爬上了卡車。

高翔首先道：「看來他是準備連夜工作了。」

木蘭花點了點頭，道：「是的。」

「蘭花姐，為什他要連夜工作？」穆秀珍問。

「我不知道，」木蘭花頓了頓，「或者，這可解釋為他對寶藏的一股狂熱，或者是他以為就快可以發現了，我們是不應該停手的。」

雲四風沉聲道：「他會不會破壞這儀器？」

直升機已飛得很高了，向下看去，所有的車子都已撤回營地去了，只有那輛載有探測儀的卡車，還在沙漠中迅速地行駛著。

木蘭花道：「有這個可能，但不會是現在，他今天晚上是不可能有什麼發現的，那麼他破壞了儀器，對他來說，是沒有好處的。」

「為什麼你肯定他不會有所發現呢？」幾個人一起問。

木蘭花的神情十分嚴肅，她呆了好一會，才道：「我想，我們今天一開始尋找南城的方式是錯誤的，照我們尋找的方法找下去，只怕一輩子也找不到南城的，你看，他正在照我們用過的法子找，那他實在是白費工夫而已，不會有什麼成績的！」

木蘭花的解釋十分合理，高翔等三人都表示同意，而這時，營地火光已然在望了。

當他們回到營地之後，由於事情已有了眉目，每個人的心情都十分興奮，但他們實在疲倦了，是以不久，所有的人便進入了睡鄉，只有木蘭花還沒有睡。

木蘭花坐在那張長桌之前，兩張地圖攤開在她的前面，兩張地圖都顯示出，自市中央的市政廳起，有四條路，是通向四個方向的，其中有一條通向南。

胖子布卡的那張羊皮地圖，由於殘破的緣故，並沒有畫出通向南方那條大路的盡頭，但是鮑博士的那張則是有的。鮑博士估計那條街長約九哩，這並不是憑空臆測，而且根據了許多資料下的判斷，而藏金的地方，應該就在街盡頭。

而他們自黃昏起，正是在那個正確的地點開始尋找的，為什麼竟會一點端倪也沒有呢？是在什麼地方犯了錯誤呢？

木蘭花手撐著頭，苦苦地思索著。

但由於她實在太疲倦了，是以她不知不覺間，手撐著頭睡著了。

她是被一下隆然的爆炸聲，在睡夢中驟然驚醒過來的。

那如此之響的一下爆炸聲，使任何人都知道，有著極不尋常的事發生了，木蘭花連忙衝出了帳篷，她看到了一蓬濃煙，在南方升起！

胖子布卡爬上了卡車，坐在探測儀之旁，他的兩個助手，駕駛著卡車，沿著木蘭花曾經駛過的地方，不斷地兜著圈子。

但是，胖子布卡的雙眼卻全然不是注意著儀器上的指針，而是望著在他頭上的直升機。等到直升機漸漸遠去之際，他立時拍著車頂，車子也停了下來。

布卡雖然肥，但是他的身手卻十分矯捷，他一躍下車，道：「快，快，我們的時間並不多，查博士，你來調換探測儀的金屬波探測管，阿發，你盡量減低車子的吵鬧聲，我們退回發現石柱的地方去，再向南駛，快，快來動手！」

他一面說著，一面已然以十分熟練的手法，拆下了探測儀的一個零件來，那被稱作為「查博士」的人，則上了卡車，換上一些大同小異的零件。

在他們更換零件的把戲中，卡車駛回發現石柱的地方，那個被稱作「阿發」的人，是一個一等一的駕駛能手，卡車熄了燈，一點聲音也發不出來，簡直像一個在沙漠上滑行的幽靈一樣。

等到卡車來到發現石柱的地方時，更換零件的工作也告完畢了。那個「查博士」抬起頭來，道：「首領，我直到現在還在懷疑，我們要找的是金子，和大量的寶石，為什麼你要將探測儀的探測管，換上只是對銀的金屬波有反應的，我們不是在找銀子啊！」

胖子布卡沉聲道：「你知道什麼，快開動探測儀！」

查博士按下了幾個掣，一直靜止不動的指針，突然顫動了起來，同時，儀器中也發出輕微的「滴滴」聲來，聽來十分悅耳。

布卡的肥臉，因為過度的緊張，而變得十分異相，他說話的聲音也在發顫，道：「糾正方向，一直向前去，呈直線！」

查博士操縱著儀器，阿發又駕駛著車子，向前慢慢地駛了出去，他們是筆直向前駛出去的，在駛出了幾哩之後，查博士抬起頭來。

他以充滿了驚異的聲音道：「老天，根據探測儀的反應看來，我們好像是在一條銀子鋪成的路上行駛著一樣，這真是奇蹟。」

「一點不是奇蹟，」布卡沉聲道：「在沙下二十呎深，有一條路，鋪成那條路的大石塊，每隔一丈，就有一道石縫之中是灌著純銀的。」

查博士繼續問道：「為什麼？為什麼迦太基人要這樣做？首領，你又是怎麼知道這些秘密的，這連包博士也不知道！」

胖子布卡大為得意地「哈哈」大笑了起來，道：「那是因為他沒有那張圖，那張圖，是我們家中世世代代相傳的寶物，但直到我這一代，才被我打破了啞謎！」

「啞謎是什麼？」查博士再問。

「你問得太多了，博士！」

博士的面色變了一變，忙解釋道：「我只不過是好奇，首領，請原諒我！」

「當然我會原諒你，你們兩人是我最親近的親信，所以我才挑選你們來參加我這項工作的，查博士，我將成為世界上最富有的人了！」

「可是，可為你為什麼要參加……木蘭花他們的尋寶隊呢？」查博士一面注意著儀器上的指針，一面仍在不斷地問著。

布卡又哈哈地笑了起來。

他為什麼要參加木蘭花的尋寶隊，那是他周密之極的計畫，許多細節之中，一個十分重要的環節，本來，這個環節是不在他的計畫之中的，但是，正當他要實行他的計畫之際，木蘭花的尋寶隊消息傳出，於是，木蘭花的尋寶隊，便自然而然成為他計畫中的一部分了。

他的計畫，只有他一個人知道，他從來也沒有想過向查博士解釋，是以他只是笑著，不斷地笑著，直到查博士忽然叫了一聲為止。

查博士突然叫道：「停了，指針不動了！」

「阿發，停車！」布卡連忙命令。

卡車停了下來，查博士的臉色有點發青，道：「首領，迦太基巨量藏金就在這裡？可是麼？就在我們的車子下面？」

「快用經緯儀測定這裡的準確位置！」

胖子布卡冰冷的聲調，使得查博士鎮定了些，他連忙答應了一聲，從一個手提包中取出了經緯儀來，阿發幫他豎立著支架。

測定準確的經緯度，靠著精密儀器的幫助，並不是什麼為難的事情，二十分鐘之後，查博士便從他不斷地在計算著的小本子上，撕下了一張紙來：「首領，這就是了，那是——」

胖子布卡連忙道：「不必唸出來，我自己會看的。」

他接過了那紙片，看了一眼，便塞進了上衣的口袋中，然後又吩咐道：「阿發，用無線電通知我早已準備好的飛機，飛到這裡來。」

他下了這個命令之後，走了開去，點著了一支煙。

查博士跟在他的身後，道：「首領，你的心中也十分緊張，是不是，你的手在抖呢！」

胖子布卡笑道：「是麼？你呢？」

他伸手向查博士指了一指，就在那一指間，他手上的一枚戒指，突然發出了「啪」的一下響，那一下聲響，不會比劃著一支火柴更大些。

但是，隨著那一下響，一枚細小的毒針卻已激射而出！

那枚毒針，射透了查博士的好幾層衣服，而刺入他的胸口。

查博士的身子突然一震，接著，自他的臉上現出了極度委屈的神情來，他的身子漸漸向下軟去，無聲地倒在沙地上。

胖子布卡深深地吸了一口煙，在黑暗中，煙火的光芒已足夠照亮他臉上那種凶狠的神情，他跨過查博士的屍身，向前走去。

阿發向前迎了上來，道：「首領，我已和賽爾中校取得聯絡了，他立刻就來，大約五十分鐘就可以到達了，首領，我們發財了麼？」

胖子布卡伸手拍著阿發的肩頭，道：「是，我們發財了，世界上將沒有人比得上我們，阿發，你可以駕駛純金鑄成的汽車！」

阿發的臉上，露出了笑容來。

然而，就在布卡第二次拍阿發的肩頭之際，另一枚毒針幾乎是齊齊正正地射中了阿發頸旁的大動脈，阿發還以為那是蚊子，他甚至還舉起手來，向中針的地方拍了一下，那「啪」地一下響，大概是阿發聽到的最後的一下聲響了！

他的身子也軟倒在沙漠上。

然後，布卡忙碌了起來，他將查博士和阿發兩人的屍體全都拖上了卡車，使他們兩人的身子伏在那具儀器之上。

他做完這些，又旋開了鞋跟，取出了一個盒子來，他將盒蓋打開，翻起手腕，將盒中的指針撥在五字和六字之間。

那是五時半，他心中自己對自己說。

五時半，一下強烈的爆炸，現場的人將會發現三具屍體，那三具屍體，將毫無疑問地被認為是布卡、阿發和查博士。

就算木蘭花再聰明，只怕她也想不到這一場爆炸是怎樣發生的，而當爆炸發生之時，他應該在什麼地方呢？

照計畫，他該在直布羅陀的一個私人機場上了！

他放好了定時炸彈，又吸了幾支煙，便已隱隱聽到了飛機聲，他立時開亮了卡車的車頭燈，指示著飛機在沙漠中降落。

飛機落定之後，他的私人駕駛員賽爾中校從那架蚊型的小飛機中，跳了出來。賽爾中校榮膺首領的私人駕駛員，還是近半年來的事。

明確一點說，那是布卡的尋寶計畫第一個步驟，因為賽爾的駕駛術雖然只不過中等，但是，他的身形肥胖，卻和布卡是一樣的。

賽爾向他走來，他也向賽爾走去，兩人見了面，賽爾一張口，剛要講話，可是他根本連發出聲音的機會都沒有，一枚毒針已使他倒了下去。

布卡只用了五分鐘的時間，便將自己身上的衣服和賽爾身上的衣服對調，別以為布卡會那麼粗心，把那張寫有精確經緯度的紙條忘記在衣服中。

那張字條，早已在他取出定時炸彈之際，藏入他的鞋跟之中了。

他將賽爾的身子拖上車，壓在定時炸彈上，也要不了多少時間的。

然後，他進了機艙，向外面他的三個同伴揮了揮手，飛機向前衝去，向兩面濺開來的沙，像是被快艇衝破的海水一樣，他飛走了。

每一個營地中的人都聽到了爆炸聲，但是胖子布卡卻沒有聽到，因為他已駕著性能優良的飛機，飛得很遠很遠了！

爆炸聲發生的時候，天才剛有點亮。

但是當木蘭花等四人，循著濃煙，趕到爆炸的現場之際，天色卻已然大明了，在陽光下，沙漠幾乎是銀白色的，是以殷紅的血漬看來也格外奪目。

穆秀珍第一個跳出吉普車，她向前奔出了兩步，一看到了眼前的情形便呆住了。爆炸使卡車分成了兩截，車頭的部分又起火，將車子燒成了廢鐵。

那具儀器也整個完了，完全散了開來，三個人——其實他們看到的只是兩個半人，其中一個的身子，已被炸得只剩下了一半。

胖子布卡的兩個助手，有一個一隻手臂完全不見了，一個的頭顱被削去了大半邊，但胖子布卡卻只剩下了下半身！

接著趕到的木蘭花、雲四風和高翔三人，也呆住了！這是他們做夢也想不到的場面！

高翔，雲四風和穆秀珍三人，在一呆之後，激動地走來走去，口中不斷地罵著，不知該怎樣才好，只有木蘭花還保持著鎮定。

但是她的臉，卻也蒼白得可怕！

在她乍一看到眼前這種情形的時候，她的腦中，不禁響起了嗡地一聲響，那一下響，好久好久，才漸漸地平靜下來。

她知道自己尋寶出師未捷，只怕要夭折了！而她是難辭其咎的！和胖子布卡合作，是她的決定；讓胖子布卡和他的助手使用探測儀連夜工作，也是她決定的！

但是木蘭花卻絕不是一個做了錯事之後，只會沉浸在懊喪中的人，她的腦中，立時不斷地自己問自己：為什麼？為什麼？

這是絕不應該發生的事，為什麼竟發生了？

昨夜留在這裡的，一共只有三個人，而三個人竟全死了，如果說胖子布卡蓄意破壞探測儀，那麼，他又得到了些什麼？

木蘭花的雙眉，越結越緊，這其中一定是有原因的，可是，原因在什麼地方呢？這其中究竟是有著什麼樣的曲折呢？

4 打破啞謎

木蘭花一動也不動地站立著，直到穆秀珍第三次大聲地叫她：「蘭花姐！」木蘭花這才抬起頭，向他們三人望了過去。

「蘭花姐，你看到了沒有？」穆秀珍氣得幾乎哭了出來。

「當然看到了。」木蘭花鎮靜地回答。

「我們，我們的工作——」穆秀珍跺著腳，「蘭花姐，探測儀給那賊胖子破壞了，這賊胖子，我早就知他不是什麼好貨色！」

「可是，他自己也炸死了！」高翔插口。

「他是死有餘辜！他一定是想毀去探測儀時，不小心炸傷自己的，死胖子，賊胖子！」穆秀珍甚至想去踢已然殘缺不全的屍體。

「秀珍，」木蘭花提高了聲音，「事情絕不那麼簡單，胖子布卡是各種各樣犯罪的全能，他會在毀去儀器的時候誤炸自己麼？」

穆秀珍瞪著眼，道：「那麼——」

木蘭花卻打斷了她的話，轉過頭向高翔，道：「只消略一用心，就可以看出那兩具屍體有著不尋常的地方，高翔，你看出來了沒有？」

「我看出來了，這兩個人，全是在死去了相當時間之後才被炸裂身子的，這從他們的傷，血流的情形上可以看出來。」

「你估計他們是死了多久才被炸的？」

「我看大約三小時左右。」

「蘭花姐，去研究這些事幹什麼？」穆秀珍又不耐煩了。

木蘭花嘆了一聲，道：「唉，秀珍，我們遭受了突如其來的變故，本來是絕無理由發生的，但是居然發生了，所以，我們一定要研究為什麼會發生，那樣，我們對事情就可以有了解，也可以弄明白其中究竟有什麼曲折了！」

穆秀珍對於木蘭花講的，顯然沒有興趣，她轉過身，向一些也從營地趕了來的人咆哮著，道：「回去，回去，你們全回去，今天休息！」

那些人全都給她趕了回去，她還在不斷地咕噥著：「嘎，三個人全死了，探測儀也全炸毀了，研究，研究，還研究什麼！」

而那一面，木蘭花的態度卻是完全和穆秀珍相反。她來回地踱著，將那兩具比較完整的屍身翻過來察看著，又吩咐雲四風將可以搜集到的儀器零件收集起來。

穆秀珍本來是叉著腰，不以為然地在看著的，這時也和雲四風一起找尋被炸得到處皆是的零件來，高翔則已得出了結論。

高翔抬起頭來，道：「蘭花，看來三個人全是中毒死的，可是……可是……那又誰來放炸彈呢？難道炸彈是先放定的麼？」

木蘭花搖著頭，道：「我以為問題的癥結是：為什麼布卡要毀去探測儀，照說，我們的利益和他的利益是一致的，除非——」

高翔忙問道：「除非什麼？」

木蘭花吸了一口氣，道：「除非他已然發現了藏金的所在地！」

「那麼，他們如何會中毒而死的呢？」

木蘭花並沒有回答。

這實在不是一個容易回答的問題！

太陽漸漸升高，酷熱開始了。汗從木蘭花的額上不斷地淌下來，地上的屍體雖然蓋上了厚厚的毛毯，但是在烈日的蒸曬下，也開始發出難聞的氣味來。

這種氣味，引來了成群的沙漠中特有的大蒼蠅「嗡嗡」地直叫，不但令人心煩，而且，令得人的胸口作悶，簡直要大吐特吐一場，才感到痛快。

高翔一直跟在木蘭花的身邊。他看得出木蘭花心中的焦急，其實，他的心中又何嘗不焦急？但是他卻也想不出其中的原因來，而且，另一個最大的問題是：他們的工作如何進行下去呢？

他只好勸道：「蘭花，我們先到帳篷中去休息一下罷。」

可是木蘭花卻像是全然未曾聽到他的話一樣，仍然在灼熱的沙路上踱來踱去，高翔嘆了一口氣，將一頂帽子輕輕地放在木蘭花的頭上。

木蘭花突然抬起頭來，道：「高翔，快以無線電話去通知最近的警局，要他們派人來，我們的工作只好暫時停一下了。」

木蘭花一面說著，一面也掩飾不住她臉上沮喪的神情。

高翔等三人也是一樣，高翔答應了一聲，懶洋洋地走了開去。

穆秀珍一揮手，道：「我們的工作，難道還進行得下去麼？」

木蘭花呆了一呆，才道：「如今下結論還太早了！」

穆秀珍還想說幾句，可是她看出每個人的心情和自己都是一樣地惡劣，是以她嘆了一口氣，也沒有再說些什麼了。

木蘭花又道：「四風，你搜集儀器殘骸的工作也差不多了吧，我們先回到營地中去再說，等警方人員來了之後，又要有很多麻煩了！」

雲四風點了點頭，將他搜集到的一大包殘骸放上了直升機，高翔已將出事的消息報告了突尼斯警局，警方的飛機已然立即出發了。

他們回到營地之後，亦沒有休息多久，當太陽剛向西斜之際，當地警方的高級人員便已然到達了，一共有七名高級警官之多。

由於木蘭花和國際警方也有一定的關係，而且高翔更是一個大城市的警務工作的高級負責人，是以前來調查的警官態度十分好。

但是他們的工作十分認真，問了許多問題，並且檢驗著屍體，等到他們載著三具屍體離去，木蘭花也從出事的地點回到營地的時候，已然是凌晨兩時了。

營地中十分寂靜，但是隔老遠，木蘭花便可以看到，那個作為臨時指揮部的帳篷，還是燈火通明，那就是說，穆秀珍他們還未曾睡。

木蘭花不由自主地嘆了一聲。

她的腦中，可以說從來也未曾這樣混亂過。但這時候，由於一連串意料不到的打擊，而又一點頭緒也摸不著，她的心中，實在是很難以形容，不知該從何處著手才好。

她的車子才一駛進帳篷前，穆秀珍便從帳篷中奔了出來，叫道：「蘭花姐，你快來，我們有了新的發現，太不可思議了！」

木蘭花跳下車，走進了帳篷。

在那張長案上，放著那具探測儀的殘骸，看來，高翔、雲四風和穆秀珍三人，努力想將這些殘骸湊回原來的樣子，但是這種努力是完全徒然的，因為這具精密的儀器已經完全被破壞，根本沒有可能恢復原狀了！

木蘭花先喝了一杯水，才道：「什麼新發現？」

「蘭花，」雲四風先說：「在我們撿到的殘骸中，當然少了不少的東西，可是也多了一件不應該多的東西出來，實在太奇怪了。」

木蘭花的精神陡地一振，道：「多了什麼？」

「多了這個！」雲四風將一個已被炸得歪曲了的金屬波探測頭，向木蘭花遞了過去，「這個不是我們原來所有的。」

「你為什麼如此肯定？」

「我們原來的探測頭，是對黃金金屬起反應的，而這個，卻是對銀金屬起反應的，而且，蘭花，你還可以看出，這個探測頭，是法國利玻維父子工廠製造的，而我們的探測儀，整具都是從美國訂製來的，這豈不是太不可思議了麼？」

雲四風一面說，木蘭花一面仔細地察看著她手中的那個探測頭，她不住地點著頭，道：「這實在太奇怪了，這是什麼意思呢？」

「我想，」高翔沉聲道：「這是胖子布卡加上去的。」

「我們不妨如此假定，但是事情還得進一步地分析，他加上了那樣的探測頭之後，做什麼呢？去尋找埋藏在地下的白銀麼？」

高翔的推測本來是很有理的，可是給木蘭花這樣一反問，大家卻又答不上來了。

隔了好一會，穆秀珍才道：「或許胖子布卡知道，迦太基寶藏是銀而不是金！」

木蘭花緩緩地搖了搖頭，道：「這個可能性是極微的，那時候的人，早已知道黃金的價格遠在白銀之上了，而且，金製的東西才是最流行的。」

穆秀珍攤了攤手，也說不下去了。

木蘭花將手中那柚子大小的探測頭上下地拋著，在帳篷中來回踱著，她已幾乎有二十四小時未曾好好休息過了。

但這時候，事情總算有了一點頭緒，這令得她全然忘卻了疲倦，只想在那一點點虛無難以捉摸的線索上，捉摸出整個事情的來龍去脈來。

過了好一會，她又道：「我們不妨再假定，在我們走後，胖子布卡換上了銀金屬波的探測頭，那麼他的目的，自然在尋找白銀了，是不是？」

高翔等三人，全點了點頭。

「那麼，」木蘭花進一步問：「為什麼又發生了爆炸？而且，人還是在爆炸之前，便已然中毒而死的，那又是為什麼？」

帳篷中又沉默了下來。

大約過了三分鐘，高翔才道：「我有一個不成熟的想法，我想，他們一定是已經發現了寶藏，所以才突然自相殘殺起來的。」

木蘭花立時道：「你的想法和我的想法很接近，我已將我的想法，對當地的警官提起過，我要他將屍體載回之後，立時檢查三個人的死亡時間，如果他們是自相殘殺，那麼他們死亡的時間，是應該相去不遠的，因為他們全死了。」

高翔在講出自己的意見之際，還是十分遲疑的，如今木蘭花支待他的意見，這使他十分高興。

他又道：「如果是自相殘殺的話，那麼他們發現的是什麼？」

「當然是迦太基寶藏！」穆秀珍叫了起來。

「那我們還未絕望了！」高翔顯得很興奮，「但不知道寶藏包括了多少白銀？唉，白銀雖然也是貴重金屬，但和黃金比較起來——」

他的話還未講完，木蘭花已然揮了揮手，道：「你說得不對，除非根本沒有迦太基的寶藏，否則，那一定是巨額的黃金！」

高翔見木蘭花說得如此之肯定，他便不再說什麼。而木蘭花則又打開了那兩張地圖，仔細地看了起來。

雲四風勸道：「蘭花，明天再研究罷！」

木蘭花卻搖頭道：「不，我要等無線電話，來打破我心中的疑團，在等電話期間，抽空來研究一下地圖，不是很好麼？」

雲四風道：「好，那我們一起來研究。」

他們四個人的手指都按在地圖上，從他們昨天使用探測儀的途徑開始，一直到午夜時分，仍無結果為止，他們實在發覺不到自己有什麼不對頭的地方。

兩小時之後，無線電話來了。

他們四個人，都可以清楚地聽到無線電話中的聲音：

「三具屍體全是中毒死的，那是一種強烈的奇毒，好像是一種毒蛇的毒液，在中毒之後大約十秒鐘，就可以致人死命。兩個屍體較完整的人，一個胸口還留下了一枚毒針，他們是在爆炸前三小時中毒的，而那個只剩下一半身體的胖子布卡，則是在爆炸前一小時左右中毒的。」

木蘭花的臉上現出了極其興奮的神色，連聲道：「謝謝你，謝謝你們提供的資料。」

「木蘭花小姐，」那邊的聲音道：「你想，我們可以向世界宣布，黑手黨的首領已在北非的沙漠中身亡麼？我們能夠這樣肯定麼？」

「完全可以！而且，你也可以宣布我們的尋寶隊工作宣告失敗，我們不再繼續進行尋寶的工作，我相信這個消息，一定也是新聞記者所樂知的！」

「謝謝你，木蘭花小姐！」

「唔」地一聲，無線電通訊已告一段落。

雲四風、高翔和穆秀珍三人，都睜大了眼睛，望著木蘭花，他們實在無法明白木蘭花的心中，究竟在想些什麼！

穆秀珍有些委屈地說道：「蘭花姐，我們放棄了？」

「是的，暫時放棄。」

「暫時？」高翔和雲四風同聲問。

「暫時，我們要等待。」

「等什麼？」

「等人帶路。」

高翔等三人的心中更加疑惑了，齊聲道：「等人帶路？等什麼人帶路啊？」

木蘭花微笑了一下，道：「等胖子布卡。」

高翔等三人的面上都現出了十分尷尬的神色來，他們不知道該如何接口才好，因為木蘭花的話，聽來十足是在開玩笑！

高翔忙道：「蘭花，你在打什麼啞謎？」

「很簡單，胖子布卡沒有死！」

「那麼，那三具屍體中，那被炸得只剩下一半的……」

「那絕不是胖子布卡，而是另一個人。」

「你何以如此肯定？」雲四風不免有些疑惑。

木蘭花道：「首先，這是一件不可能解釋的事情，不論你循什麼途徑去解釋，你都無法解釋出他們三個人何以要一起死去，就算他們三個是同時自相殘殺而死，那爆炸仍然無法解釋，所以，我首先肯定，事情的本身，和我們所看到的情形，一定有著極大的距離！」

他們三人信服地點了點頭。

「其次，我懷疑的事得到了證實，三個人中，兩個死得早，那兩個人，當然是被布卡殺死的，而布卡在殺死這兩個人之後，等第三個和他身形相似的人來，然後再將第三個人殺死，他自己，就利用第三個人來的交通工具而離開！」

木蘭花吸了一口氣，又道：「於是，在我們看來，是他們三人和探測儀一起完蛋了，我們的工作，自然進行不下去了！」

高翔憤然說道：「而且，我們疑心不到他的身上！」

「是的，隔上若干時日之後，他就可以來了！」穆秀珍也憤然地用手敲在桌上，「這賊胖子，我早知他不是好東西。」

雲四風笑了一下，道：「可是，蘭花，你這一切推測，也都是以他已經發現了寶藏作為基礎的。難道他真的已發現寶藏了麼？」

木蘭花的回答又快又肯定，她道：「是的。」

雲四風的雙眉一皺，道：「可以這樣肯定麼？」

「完全可以，我更可以說，布卡掌握的資料遠在包博士的資料之上，他的祖先是征服迦太基的羅馬大將這一點，我也相信，他是完全可以自己一個人來進行發掘寶藏工作的。」

穆秀珍有些不服，道：「那他為什麼要加入我們？」

「唉，」木蘭花嘆了一聲，說：「我們給他利用了！」

高翔道：「我明白了，他由於身分特殊的關係，如果由他來出面組織尋寶團，那一定是未曾尋到寶藏，他便已經入獄了！」

「這還只是一部分理由，他手下的黨徒如此之多，若是他得了藏金，想要獨享的話，那必然引起他手下的不滿，而對他沒有好結果的！」

木蘭花略頓了一頓道：「而當他想不出辦法的時候，恰好我們的尋寶團來了，於是，我們的尋寶隊便成了他天衣無縫的計劃中最完美的部分了……」

穆秀珍道：「蘭花姐，我還不明白！」

木蘭花道：「那實在是很容易明白的，他一上來，便開門見山，表明了他的身分，那他已然想『死』在這裡的了。他安排的新計劃是：連我們的尋寶隊也失敗了，而他則『死』了，這樣的消息傳了出去之後，以後再有人來尋寶，一定會使人將之當成傻瓜，而全然不受人注意了！」

雲四風又問道：「那麼，他是憑什麼得知寶藏地點的呢？」

「那我不知道，而且，我們也大可以不必為這個問題多傷腦筋，我料定他在一年之內，必然組織一個小型的尋寶隊重來，那時，我們要設法加入他的尋寶隊！」

高翔等三人互望著，他們全都滿意地深吸了一口氣。

只有心急的穆秀珍，略感遺憾。

因為對她來說，若是要等上一年的話，那實在是太長久一些了！

胖子布卡看到報紙上大字標題說他「惡貫滿盈」的時候，他已在馬德里的第一流大酒店的最華麗套房之中了！

報紙上不但登載著他已然「死去」的消息，而且，還登載著木蘭花宣布她尋找迦太基寶藏失敗的消息，木蘭花還說，這個寶藏實際上是不存在的，誰去尋找它的，一定是傻瓜，她便是因為做了這一件傻事，而損失了五百萬美金之鉅！

一看到了那些消息，胖子布卡便忍不住呵呵笑了起來。

這正是他所希望的事！

那麼，再過些日子之後，他再組隊去發掘，給人家知道了，人家一定笑著說：看，又多了一個想發橫財的傻子了，而不會有人去注意他的！

唯一使布卡不高興的是，報紙上將他的照片大幅地刊登了出來。但這也不會怎麼緊要的了，因為他早已有了下一步的計劃。

他放下報紙，戴上了一項寬帽子，在走路的時候，維持著低著頭的姿勢，出了酒店，他自己駕駛著車子，在駛出了二十分鐘之後，停在一幢房子面前。

那幢房子之前，掛著一塊招牌：「外科整形醫生」。

胖子布卡在門前下了車，按鈴，立時有一個穿制服的僕人開了門，讓他走了進去。從那一刻起，胖子布卡這個人，可以說在地球上消失了！

一個月之後，從這扇打掃得纖塵不染的黑漆大門中，走出一個中等身材，面目十分老實，看來像是一個銀行會計員一樣的人來。

那人提著一個公事包，用略為遲緩的腳步走下了石階，然後，穿過馬路，混在人群之中，世界上沒有一個人認得他。

事實上，在他走出那扇門之前，世界上可以說根本沒有這個人，他就是布卡了，但如今已改了名字，叫作康特。

他有一切有關康特的證件：羅馬的一個小商人。

在這一個月中，經過了嚴格的減肥，他的體重減輕了七十磅，使他看來不再是胖子，而成功的外科手術，使他完全成了第二個人。

康特（布卡）離開了那幢屋子之後的第一件事，便是將這一個月北非洲的幾家大報，一起搜集來，仔細翻閱著有關木蘭花的消息。

在那些報紙中，他知道木蘭花的尋寶隊已然回去了。

他也在那些報紙之中，得知他自己的「死」，使得歐洲的黑社會起了極大的震動，黑手黨的幾個首腦在爭權奪利中已有兩個喪生。

他微微地笑著，讓世界上所有的人全都以為他已死了罷，然後，他將依合法的手續，去申請發掘迦太基人的寶藏！

他將特別向突尼斯共和國政府提出，如果他發掘成功，那麼東主國將可以得到百分之五十，而不是慣例上的百分之三十。

那樣，他就可以輕而易舉，合法地獲得數目駭人的財富，他將大量地採購各大企業的股票，而迅速地擠進世界上有數的大富豪的行列，發了意外橫財的人，將成為世界上每一個地方都歡迎的貴賓，而不是每一個地方都通緝的匪首！

而這一切，全是靠他的腦子想出來的計劃完成的！

康特有點得意地在自己半禿的頭頂上拍了拍，他先要去享受一下，西班牙有錢人享受的最好的地方，他可以在西班牙等候突尼斯政府的批准！

陽光普照，街上行人的心情，似乎都十分舒暢，而康特更加高興，他甚至一面走，一面忍不住低聲地哼起他喜愛的歌曲來！

突尼斯共和國的政府又接到了要發掘迦太基城寶藏的申請，申請循例會知會突尼斯市警局，一個高級警官在看到了那份申請書之後，立時撥了一個電話。

電話是打到一家又小又骯髒的食物館中去的。

那食物館，是在一家古董店的後面，而那家古董店呢，天曉得那些在厚厚的積塵下的，究竟是一些什麼東西，而那家食物店，也根本沒有生意。

拿起電話來的，是一個穿著粗布衣服，膚色黝黑的青年人——那是木蘭花的化裝。木蘭花化裝成那樣，蟄居在這間食物館中，不知不覺已有一個多月了！

「喂，」木蘭花將聲音放得很粗，「誰？」

「是我，我是干維爾警官。」

「我是木蘭花，有消息了麼？」

「是的，一個羅馬商人，叫康特，申請開發迦太基城的寶藏，他的計劃書也附來了，他準備在當地尋找十個至十二個助手。」

「好的，干維爾警官，我們依照我們的計劃行事，你在他的申請書批覆說，由於上次出了意外，所以決定任何尋寶隊都要受一名警方人員的監視。」

「好的，我們會將高翔先生當作是我們的警官。」

「謝謝你們，高翔會設法找到我參加他的尋寶隊的，只是不知道高翔在這一個多月中，語言的進步怎麼樣？」

那邊，干維爾警官笑了起來，道：「他本地話進步得不能算快，但是他本地口音的英語，聽來卻是一絕，誰都可以瞞得過了！」

木蘭花也笑了起來，道：「那就可以騙得過他了，哦，對了，申請書上應該有申請人的相片，他現在是什麼樣子？」

「禿頂，四十多歲，瘦得多了，看來很老實——嗯，木蘭花小姐，你可以肯定那個康特，就是你所謂的沒有死的胖子布卡麼？」

「要證明這一點是很容易的，他可以改變一切，但沒有法子改變指紋，只是不論如何，你和少數知道秘密的人，千萬不可以露出絲毫已知情的樣子來。」

「當然，如果我們能夠捉到真正的胖子布卡的話，那是我們突尼斯警務人員的無上光榮，我們一定會盡量小心從事的。」

這一次電話，就到此為止。

而第二次電話，則是在半個月之後了。

第二次電話十分簡單，木蘭花得到通知：康特已經來到了突尼斯市，高翔假扮的干維爾警官，已經到酒店中去見他了！

木蘭花放下了電話，叫道：「秀珍！」

蓬頭垢面的穆秀珍從屋後走了出來，看樣子她正在廚房中工作，雙手十分骯髒，她攤著手，道：「可是我的苦工監快滿刑了麼？」

木蘭花笑了一下，道：「別廢話了，記得我們是干維爾警官的表親，而我們還有一個表親是一個掘土能手，等干維爾警官帶著康特來時，你可別露出馬腳！」

穆秀珍高興地拍著手，道：「你放心好了！」

5 致命錯誤

而在酒店中，當高翔伸手叩著房門之際，他的心中也不免十分緊張，剛才，他在升降機的鏡子之中，已小心地端詳過自己。

他這時的外形，看來全然是一個年輕的阿拉伯警官，精神奕奕，皮膚黝黑，他將帽子除下，放在胸前，等候著開門。

門拉了開來，高翔有禮地問道：「康特先生？」

「是的！」康特回答道：「是干維爾警官麼？貴國的記者對於尋寶的事竟如此不感興趣？為什麼我請各報的記者來對我訪問，卻沒有一個人來？」

高翔操著本地口音的蹩腳英語，道：「你要原諒他們，因為失敗的人太多了，使他們覺得，即使來採訪這樣的新聞，也是愚人才幹的事情！」

康特「哼」地一聲，攤了攤手，道：「我到了已兩天了，登報招請工作人員，也沒有一個人到酒店來應徵，你可以說是我尋寶隊的第一個成員！」

高翔溫文有禮地笑著道：「本地人是很重實際的，他們的心中甚至不希望寶藏被發掘，而外人則因為上次發生了命案的原因，都怕惹麻煩上身了！」

高翔一面說，一面感到好笑。登報招請工作人員，隨時會有人前來應徵的，但前來應徵的人，全在樓下給警方的便衣人員擋了駕，自然他見不到什麼人了！

高翔又笑道：「如果康特先生感到合適的話，我有兩個開飯店兼古董店的表親，對沙漠中的情形十分熟悉，倒是可以僱用的。」

康特十分大方地道：「好，我僱用他們，我還要掘土機手，和大量的食物，採購工作也可以委託他們代為進行的！」

高翔笑道：「那太好了，康特先生，我將保證你工作進行會特別順利的。」

康特在心中咕噥地罵了幾聲，但是他卻笑著，彎了腰送高翔出去。

兩小時後，高翔帶了木蘭花、穆秀珍、雲四風去見康特，在同一天中，當地警方的幾個高級人員，也扮成了無業遊民前去應徵，而由康特先生親自予以僱用。

三天之後，康特尋寶隊開始出發了。

除了康特先生之外，一共是十一個人，十一個人中，七個是警方人員，還有四個，便是木蘭花、穆秀珍、高翔和雲四風。

這是一件十分有趣的事，康特用了那麼多心血，在一步一步地實行著他的計劃，但是木蘭花卻識破了他的陰謀，就在他認為已萬無一失之際，布下了天羅地網！

那天早上，尋寶隊出發了，中午時分，便到了以前紮營的附近，那被掘出來的半截石柱，已然要被沙礫重埋進去了。

康特命令在這裡紮營，康特的行動，令得各人都覺得十分奇怪，因為他幾乎不用任何探測儀，他只是帶著一支木樁，和一具看來像是經緯儀一樣的儀器，不要任何人幫助，就單獨出發了。

他走了之後，穆秀珍忍不住道：「蘭花姐，他在鬧什麼鬼？我們何不立時揭穿他的假面具，逼他帶我們找寶藏？」

木蘭花微笑著，道：「讓他自顧去尋，不是更好麼？」

木蘭花的話，講得眾人都笑了起來。

一小時之後，康特已回來了，他宣布道：「我已找到了正確的位置，釘下了木樁，現在就可以開始發掘了，發掘成功之後，我付給你們的酬勞，使你們每一個人都可以成為一個小富翁！」

雲四風帶頭發出了歡呼聲，各種器械、掘沙機等，都向康特帶領的方向駛去，半小時就到了目的地，於是工作開始了！

康特畫出了一個直徑約三十呎的圓圈，要將這個範圍內的沙全部掘走，工作到晚上休息時，已掘深了四呎左右，康特不斷地在糾正著位置。

接下來的兩天，全是單調的正常的工作。

沙坑被越掘越深，已深到將近二十呎了！越是深，工作的進度便越是慢，不但將沙送上來要使用傳送帶，而且，沙坑的邊緣隨時有坍下來的可能，要小心維護。

一直到第三天的傍晚時分，圍在沙坑上的人，才聽得沙坑下的雲四風發出了一聲呼叫，道：「我碰到硬物了！」

康特直跳了起來，道：「等我來！等我來！」

他沿著繩滑了下去，木蘭花等人也跟了下來，幾個人用鏟將沙又鏟去了半呎左右，一塊十分大的石塊，已展露在眾人的眼前。

那塊石塊上所刻著的幾行字，還清楚可見，木蘭花研究過迦太基的文字，她一眼便看出了那幾行字是：

「願天上所有的神，保護迦太基全城的財富」！

康特顯然也看懂了那幾行字！

他的臉色變得蒼白，他大聲地叫道：「將水銀燈吊下沙坑來，我們要連夜工作！」

水銀燈被引下來了，起重機的掛鉤也掛了下來，勾住了石塊的邊緣。

康特打著手勢，起重機開始發出「軋軋」的聲響來。

這時，每一個人的心中，都緊張到了極點！

起重機的鐵鍊已漸漸拉緊了，「軋軋」聲更是震耳欲聾，可是那塊大石塊卻是紋絲不動，起重機由於過分吃力，已陷入了沙中！

當起重機一陷入沙中之際，危機便出現了。

起重機由於本身的重量，迅速地向沙中壓入，令得那載起重機的沙坑邊緣也開始塌了下來，黃沙像是驟雨一樣地向下落來。

康特大叫道：「停止！快停止！」

一聲隆然巨響，整架起重機倒了下來，沙坑也塌下了一半，不但將起重機埋在沙中，而且沙粒滾了過來，幾乎埋到了每一個人的膝際。

當他們一身是汗，將雙腿從沙中拔出來之際，他們就如同從墳墓之中走了出來一樣！因為剛才的情形，實在太危險了！

幸而剛才沙坑的邊緣只塌了一些，便沒有繼續再塌下去，如果繼續不斷地塌下來的話，他們每一個人都將被生葬在二十呎的坑底，而毫無逃生的機會！

在略為定了定神之後，康特開始用一切最難聽的話罵起人來，他蹣跚地走了過去，將那個起重機手從沙中揪了起來，「叭」地打了他一個耳光！

那起重機手是警方一個高級警官假扮的，當康特那一下耳光擊中他之後，他的臉色突然變了，木蘭花看出不妙時，那人已然狠狠地一拳擊中了康特的下頰。

康特的身子猛地向後倒去，在沙中打一個滾，跳了起來，指著那人罵道：「將他抓起來，狗雜種，你竟敢打我？」

木蘭花一看周圍各人的臉色，知道他們都已經按捺不住了，而且，木蘭花也知道他們的心理，他們以為既然已經發現了寶藏的入口處，就可以將康特逮捕了。

但是木蘭花的看法，卻多少有點不同。她認為如今自己的計劃是天衣無縫的，已然改容易貌，又變換了姓名的胖子布卡，只當他已瞞過了世上所有的人，而絕想不到他已經完全落入了網中；在那樣的情形下，等到寶藏被挖掘了出來之後再逮捕，才是最適當的時機。

是以她不希望事情現在就弄僵。

她快步奔到了那起重機手面前，道：「喂，你怎麼打起老闆來了？快向老闆認錯，我們可以繼續進行我們的工作，快去！」

可是，那人卻一伸手，將木蘭花推了開去！

高翔和雲四風兩人盡皆一怔，他們不約而同各自踏前了一步，而康特一探手，卻已拔了手槍在手，指住了那人。

康特也許是覺得氣氛十分之不對頭，或許他只是想拿出槍來嚇一嚇那人，但是他卻大錯而特錯了，當他一將手槍掏出來之後，事情幾乎已經決定了！

他才一握槍在手，在他身後的一個人，猛地踏前一步，重重地一掌，擊在他的後頸，那一擊，令得康特向前猛地跌出了一步。

康特受了這一擊之後，身子一面向前跌出，一面勾動槍機，「砰砰砰」地連射了三槍，那三槍的子彈當然沒有射中任何人，而只是射進了沙中，激起三股六七呎高的沙柱來，他的身子還未曾站穩，「刷」地一聲，又有人竄到了他的面前！

假扮成尋寶隊隊員的，全是當地警方百裡挑一的幹練人員，行動當然也是敏捷之極，那人一跳到康特的面前，又是一拳擊向康特的面門！

康特的身子仰天跌下，另外兩個人撲了上來，將他的身子牢牢按住，第四個人一步踏向前，將康特手中的槍奪了下來。

直到這時，康特仍然不知道真正發生了什麼事！

他喘著氣，狂叫道：「你們想叛變麼？你們是找不到寶藏的，絕找不到的！還不快放開我，向我賠罪，你們這群狗娘養的蠢才！」

事情即使到了這等地步，其實還是可以挽救的！

可是，木蘭花還未曾出聲，干維爾警官（真的干維爾警官）已然大聲吆喝道：「放他起來，胖子布卡，你的把戲耍完了沒有？」

壓在他身上的兩個人一躍而起，而康特卻僵臥在沙中，像是死了一樣。當他以為他已瞞過了世上所有的人，但卻又被人叫出了他的真名之際，他實是無法不呆！

好一會，才見他慢慢地從沙中站了起來。

他的面色，難看得和癩蛤蟆的肚皮一樣。

他急速地喘了一口氣，才道：「我不明白你在說些什麼，胖子布卡？誰是胖子布卡，我是康特，是你們的隊長，是你們的僱主！」

干維爾警官「哈哈」大笑了起來，道：「布卡，你以為我們是什麼人？我，是干維爾警官，突尼斯市警局副局長，這位，是刑事警官，是全國警務總監的副官，這一位，則是……」

他一個又一個地介紹著，而康特的臉色也越來越難看。

介紹完了七位警務人員之後，干維爾警官笑了一下，道：「還有四個人，更是你的熟人，只怕你聽到他們的名字，更要昏過去了。」

康特僵硬地轉動著頭部，他的目光先停在穆秀珍的身上，穆秀珍「哈哈」笑著，道：「胖子，我早就說過你不是好東西，你果然不是好東西！」

穆秀珍一回復了原來的聲音，康特立時認出來了！

他的口張得老大，但仍是「呵呵」地透著氣，像是離了水的魚兒一樣，然後，他用幾乎可以震裂玻璃的尖銳的聲音叫道：「是你們！」

高翔溫和地笑著，道：「不錯，是我們！」

雲四風也道：「我們可以算得是老朋友了，是麼？」

每一個人都笑了起來，只有木蘭花不出聲。

突然，在眾人的笑聲中，胖子布卡也笑了起來。他的笑聲十分異樣，他「哈哈」，「哇哇」不斷地笑著。

開始的時候，大家還當他是無可奈何的笑，或是受了刺激之後的笑聲！但是漸漸地，大家卻看出他真的在笑著，笑得十分高興，各人都靜了下來，用十分奇怪的眼光，望定了他，不知他在弄些什麼把戲。

一直不出聲的木蘭花，直到這時才問道：「你笑什麼？」

胖子布卡又笑了一兩分鐘，才止住了笑聲，道：「木蘭花，你有足夠的聰明，可以將我如此完美的計劃破壞得如此之徹底，那麼，你一定也應該知道我現在笑些什麼，你已經知道我是為什麼而笑的了，是不是？」

木蘭花並不回答，只是緊緊地抿著嘴。

「蘭花姐！」穆秀珍道：「他有什麼好笑的？」

「哈哈——」胖子布卡攤開了手，道：「好得很，好得很，我尋寶隊的十一個隊員，七個是警方的人員，四個是我的對頭，只怕自古以來，沒有一個失敗得比我更徹底的了，但是你們也別以為你們是成功了，告訴你們，你們也失敗了！」

他再度發出大笑聲來。

干維爾警官厲聲道：「不准再笑！我們怎地失敗了？」

「你們犯了一個錯誤，那是一個致命的錯誤，那就是你們暴露你們的身分太早了！哈哈，太早了！」胖子布卡一面說，一面還揮舞著手。

干維爾警官踏前一步，陡地用槍指住了布卡的胸口，喝道：「什麼意思，你說！」

胖子布卡灰色的眼珠凝住了不動，他用極其僵硬，如同石頭撞擊時的聲音說道：「從現在起，我將什麼也不說，這是一個徹底失敗者的唯一報復方法，你們可以打我，拷問我，可以將我放在沙漠的烈日下曝曬，可以不給我喝水，但是絕不要想我多講一句話，我會將任何你們對我的折磨置之度外，因為眼看你們也遭受失敗，那便是我最大的快樂！」

布卡的話才講完，「叭」地一聲，他已捱了一掌。

那一掌令得他的身子一側，倒向一旁。但是他立即掙扎著站了起來，而且，當他站了起來之後，他的口角雖然淌出了鮮血，但是他卻現出了一個冷嘲的微笑來。

干維爾警官狠狠地道：「你說我們會失敗，可是你自己卻已經帶我們到了寶藏的所在地，我要你在一旁看我們成功，再送你入獄！」

胖子布卡不說什麼，只是「哈哈」地笑著。

高翔走近木蘭花，低聲道：「蘭花，布卡的話是什麼意思？」

木蘭花嘆了一聲。道：「只怕我們會找不到寶藏。」

「為什麼？」

「因為我們發動得太早了，正如布卡所說的那樣，我相信布卡還有什麼秘密，是關於可以尋得寶藏的，我看他是拚死也不肯講的了。」

高翔遲疑地道：「只怕未必吧？」

木蘭花道：「最好我估計錯誤，我們只好走一步瞧一步了。我們只有先將那塊大石塊撬起來看看，然後再作別的打算。」

這時候，在干維爾警官的吆喝下，幾個人豎起了一根木柱，並且將布卡綁在那根木柱之上，工作又開始了，干維爾和木蘭花兩人商議了一下，大家同意先將那石塊弄開再說，起重機跌下了沙坑，在被扶正之後，工作只有更方便了。

塌下的沙再被鏟起，那塊石塊又現了出來。

木蘭花用沙鏟在石塊的附近掘了一個溝，大約有一呎深，那塊石塊足足有半呎厚，在和下面的石塊的接壤處，有著一道縫。

幾個人用鑿子，沿著那直縫鉤出了兩個洞來，起重機的鉤子深深地鉤了進去，然後，起重機再度開始工作，軋軋的聲音，在沙坑中來回地震盪著。

所有的人心中都十分緊張，因為若是不能將那塊石塊弄起來的話，是不能發現迦太基的寶藏的，在那十分鐘之中，幾乎每一個人都是屏氣靜息的。

然後，突然間，幾乎每一個人都歡呼了起來！

在「軋軋」聲中，那塊石塊開始被吊了起來，移了開去，在地上，便出現了一個地洞，而且明顯地可以看出，有石階通向下去。

「準備強光燈！」木蘭花吩咐著。

強力的水銀照射燈射出的光芒照進了地洞之中。

那地洞直上直下，像一口井，約有十碼深，石階一直通到下面，而到了下面之後，則可以看出，是通向前去的一條甬道，那地洞的四壁，全是兩呎見方的大石砌成的，那甬道也是。

要在地底下建立那樣的甬道，當然是一件極其艱鉅的工程，但既然是用來儲藏迦太基城全城的財富，那也是十分值得的。

干維爾警官等人，在屏氣靜息地看了一會之後，發出了一聲歡嘯！

干維爾轉過頭去，大聲道：「布卡，我們成功了，你看到了沒有？」

布卡仍是繼續不斷地笑著。

木蘭花沉聲道：「現在說成功，還未免太早了，我們要等到看到了黃金之後，才能說真正地成功了，希望我們會成功。」

干維爾警官卻有點囂張地道：「巨量的黃金，毫無疑問就在這甬道中，我們現在只要走進去，就可以發現它了。」

這時，人人的心情都是極其興奮的，連高翔等三人也不例外，但木蘭花卻像是有意在向眾人潑冷水一樣，道：「但願如此！」

一個心急的警官已然向下走去了，木蘭花忙道：「慢，這裡已被封閉了兩千多年，空氣一定起了變化，要戴上氧氣面罩，才好下去。」

干維爾警官道：「氧氣面罩卻在營地中呢！」

「可以回去取！」木蘭花的聲音十分堅定。

干維爾警官蹙著雙眉，似乎有點不耐煩，事實上，巨量的黃金對人的誘惑是難以忍受的，這種黃澄澄的金屬，自古至今，一直得到人類瘋狂的喜愛。

那心急的警官道：「不要緊，我先下去試試。」

木蘭花斬釘截鐵地道：「不行！」

那警官怒道：「小姐，我是歸你統屬的麼？」

「當然不是，但是你們的最高長官，卻曾在口頭上對我說過，你們的行動，我要負責的，我不想還未曾見到黃金，便有人喪生！」

她講到這裡，又道：「事實上，你們太早暴露身分這一點，已然破壞了我的計劃，我不客氣地說，如果你們是歸我統屬的話，那你們全不是好部下。」

木蘭花忽然毫不留情地教訓起他們來，這頗令高翔、雲四風和穆秀珍三人感到意外，但是干維爾警官等七人，卻全都不出聲。

他們之所以不出聲，自然是知木蘭花所說，這次行動由木蘭花負責一點，是由內政部長親自答應的，絕無虛假。而且，他們還奉有內政部長極其機密的命令，這時，他們是不敢違拗木蘭花的意思的。

干維爾警官忙道：「德拉斯警官，你聽這位小姐的話。」

那位警官已然走下了兩級石階了，這時才老大不願意地從地洞中走了上來。

木蘭花指著他，道：「我派你去營地取氧氣面罩，兩個人看守布卡，其餘人休息。」

德拉斯警官又勉強地答應了一聲，攀出了沙坑，駕著吉普車走了，其餘的人，仍然圍在洞口，高翔和雲四風則去擔任看守布卡的任務。

不到一小時，氧氣面罩便帶到了，每一個人都戴上了氧氣面罩和握著強力的電筒，由木蘭花領著，雲四風則將水銀照射燈也帶了下來。

眾人魚貫進入了地洞之中。

本來，木蘭花想留兩個人在上面看守布卡的。可是她看得出，在如今這樣的情形下，不會有人肯留在上面，再加上布卡又被綁得十分緊，是逃不脫的，為了避免引起進一步的衝突，是以木蘭花也沒有再說什麼。

到了地洞的底部，向前看去，在十一支強力電筒的照射之下，可以看得很清楚。那是一條足有一哩長的甬道。甬道的頂部，是圓拱形的。

甬道大約有八呎寬，可供好幾個人並肩行進，甬道全是一塊一塊兩呎見方的大石砌成的。

高翔在下了洞底之後，便和木蘭花並肩而行，他們走了幾步，便聽得木蘭花叫道：「止步，你們看，那是什麼？」

當木蘭花一面說，一面伸手指著甬道左首之際，人人都以為木蘭花已經發現了巨大的黃金塊了，但是，當雲四風手中的水銀燈射向木蘭花所指之處的時候，卻是人人的皮膚上都起了一層疙瘩，每一個人都不由自主地停了下來！

在木蘭花所指的地方，甬道石壁上，爬滿了三吋長短的毒蠍，至少有一萬條之多，那種紅褐色的毒蠍，在沙漠中經過的人都知道，是可以在半分鐘內致人於死！

這時候，那一大堆爬在石上的毒蠍，在強光的照射下顯得有些不尋常，正紛紛地自壁上落了下來，在地上亂爬，高舉著尾鉤。

最近的幾條，離木蘭花只有兩三呎了。

木蘭花鎮定地道：「後退，迅速後退！」

她吸了一口氣，一連踏死了兩隻毒蠍，才又道：「在後退的時候要記得，千萬不能碰到石壁，這裡可能是世上最大的金庫，但是毫無疑問，它更是世界上最大的毒蠍巢穴！」

一行人開始後退，當木蘭花和高翔兩人終於也退出了洞口之際，只聽得布卡哈哈大笑，道：「你們見到了什麼？成群的毒蠍，是不是，哈哈！」

木蘭花冷冷地望著他道：「你什麼都知道？」

「是的，我什麼都知道，但是什麼也不說！」

「閉嘴！」干維爾趕了過去，打了他一巴掌。

「哈哈，」布卡卻並不閉嘴，「我什麼也不說，我也要看看你們失敗時的樣子。」

干維爾警官笑道：「一群蠍子就會令我們失敗了？」

布卡不再說什麼，只是笑著。

干維爾「哼」地一聲，道：「蘭花小姐，我想，我們應該用火燄噴射器來對付盤踞在甬道中的毒蠍群，你認為怎樣？」

「這不是最好的辦法，這會使甬道中的空氣壞極，但好在我們有氧氣面罩，而且，目前也只有這個法子可以採用了。」

木蘭花回答著。干維爾已在大聲命令著，四具火燄噴射器在車上被搬了下來，由四名全身都穿上厚橡皮保護衣的警官作先驅，再度走下地洞去，別人則跟在後面。

四股烈燄向前噴著，在地上和石壁亂爬的成千上萬的毒蠍，一碰上了火舌，身子便捲了起來，發出畢畢剝剝的聲音。

雖然每個人都戴著氧氣面罩，事實上是聞不到一點腥臭之氣的，但是人人的心頭，都十分不舒服。

這一次，木蘭花等四人走在最後。

高翔跟在木蘭花的身邊，木蘭花忽然道：「高翔，我們才一退出去，胖子布卡竟知道我們遇到了蠍子，你不覺得奇怪麼？」

「很奇怪，但是我想這是他的猜想，陰暗的地方，本是蠍子出沒的所在。」高翔在想了一想之後，作出了這樣的回答。

木蘭花「唔」地一聲，也不知道她究竟是不是同意了高翔的說法。

他們慢慢地向前走著，一哩長的甬道，終於到了盡頭。

在盡頭處，有一扇石門，那扇門上有著兩個巨大的鐵環，幾個人用力地拉著那兩個環，但是卻無法將那兩扇門拉開來。

木蘭花道：「我看要使用少量的炸藥才行！」

干維爾警官忙著：「一枚手榴彈可以麼？」

木蘭花道：「試試吧，大家後退。」

等到大家退到了安全地點之後，干維爾警官用十分熟練的手法，拋出了一枚手榴彈，手榴彈爆炸的聲音在甬道之中聽來，當真是震耳欲聾，一陣煙硝過處，強烈電筒向前射去，看見那兩扇門中的一扇已歪了一些。

在歡嘯聲中，雲四風首先向前奔了過去，他的肩頭用力撞在那扇門上，「轟」地一聲巨響，那扇門倒了下去，雲四風向內跌出了兩步。

等到他站定身子時，他不禁呆了！

這時，每個人都進了石室，人人都呆呆站著。

門內是一間十分寬大的石室，大約有一百呎見方，在石室中，有著許多羊皮袋，一袋疊著一袋，那些被不規則的東西裝得鼓鼓的羊皮袋，每一個大約和如今的麵粉袋差不多大小，而它們的數量，大約是一千只！

一千只羊皮袋！

羊皮袋中裝的，當然全是金塊！

想想，那是什麼樣的價值？

大家呆了約有一分鐘左右，雲四風和高翔兩人，首先從極度的驚愕之中驚醒了過來，他們一起發出了一聲歡叫，跳了起來，向前撲去。

雲四風一面向前撲去，一面已「颼」地一聲，掣出了一柄極其鋒利的匕首在手，手不斷地揮動著，剎那之間，已劃破了六七只羊皮袋！

被裝得滿滿的羊皮袋一被劃破，羊皮袋中的東西便滾跌了出來，每一個人都瞪大了眼睛，看羊皮袋中的東西，發出吵鬧的聲響來。

所有的人，臉上全都現出了不信的神色來。

因為從羊皮袋中滾跌出來的東西，並不是他們想像中的黃澄澄的金塊，而是一塊一塊的石塊！

自五個羊皮口袋中落下來的石塊，不一會就堆起了一堆。

可是大家還是呆呆地站著，望著這些石塊。

高翔轉了過頭來，道：「蘭花，這是怎麼一回事？」

木蘭花苦笑了一下，搖了搖頭。

雲四風喘著氣，道：「不會的，一定這幾袋是石塊，別的袋中一定是金塊了，來，我們將所有的袋子全都弄破來看看！」

雲四風的話，立時得到了響應，大家一湧而上，有的用刀割，有的用手撕，有的就用石塊上比較銳的一邊來劃，四五個人爬到老高的羊皮口袋上，一袋一袋將羊皮袋拋下來，羊皮袋落在地上，便迸裂了開來，石塊在地上滾動著。

但不論是扯開來的口袋也好，還是割開來的口袋也好，自口袋中滾出來的，毫無例外地全是石塊，石塊，全是石塊！

所有的人都在不斷地動手，只有木蘭花例外。

木蘭花站著，緊蹙著眉。

「蘭花姐，」穆秀珍叫著，「你怎麼還不動手啊？」

木蘭花苦笑了一下，道：「動手？我敢斷定這些羊皮袋中全是一點價值也沒有的石塊，為什麼要動手？你們快停手吧！」

可是卻沒有人聽木蘭花的話，他們仍然不斷地將羊皮袋弄破，直到最後，只剩下一個羊皮袋。

高翔走過去，有點歇斯底里地叫道：「迦太基城的寶藏，全部在此了！」

他提起那一袋石塊，猛地拋了出去，石塊如同冰雹也似地落了下來。

所有的口袋全被打開了，石塊鋪了開來，足有兩呎多厚！

但是一點黃金的影子也沒有！

直到這時，大家才轉過身，向木蘭花望來。

干維爾警官滿頭大汗地喘著氣，道：「這是怎麼一回事？蘭花小姐，黃金在哪裡？何以沒有黃金，只有那麼多的石塊？」

木蘭花過了好半晌，才回答這個問題。

她道：「我看，有兩個可能。一個可能是，這裡的黃金，早在不知什麼年代便已經被人家盜走，而代之以石塊的。」

「被人盜走，為什麼？」

「你們看看石室的頂上。」木蘭花伸手向上一揚。

6 常識問題

大家都抬頭向上看去，只見石室的頂部也是圓拱形的，其中有兩塊大石卻已不見，而留下兩個缺口，那兩個缺口上像是蓋著一塊石板，是以上面的沙才不致於流了進來。

這不應該是建築時的疏忽，如果不是疏忽，當然已經有人進來過了！

一時之間，沮喪的嘆息聲四起。但木蘭花仍然維持著原來的鎮定，道：「可是這也不一定是的，我們如果假定，迦太基人為了愚弄羅馬軍隊，特地這樣子做，好讓羅馬軍隊以為早有人盜走了藏金，因而不再追尋呢？迦太基人是十分聰明的，想出這個辦法來，也不是難事。」

高翔忙道：「極有可能！」

木蘭花又道：「那麼，另一個可能便是黃金藏在別的地方，在這裡，一定還有暗道通向藏金之處的，我們要好好地找一找。」

雲四風一揮手，道：「大家去找！」

這一次，連木蘭花也沒有例外了，她也參加尋找另外暗室的行動，幾乎每一塊石頭全被小心的敲過，聽著發出的聲音是不是有異。

他們找遍了那間石室，又循著甬道找了出去，巨量的黃金是一個極大的誘惑，這種誘惑，使他們生出了一種奇異的力量，甚至忘記了疲倦和饑餓。

他們終於一無所獲，而走出地洞來的時候，他們在下面，已然待了二十小時以上了。他們出來之後，沒有一個人出聲，有的躺在沙上，有的坐著。

突然間，他們聽到了笑聲。

笑聲是布卡發出來的，他不斷地笑著，甚至笑得連眼淚也出來了，他的笑聲，令得眾人都覺十分難堪和憤怒，有幾個人衝過去打他。

但是布卡仍然不斷地笑著。

木蘭花制止了那些毆打布卡的人，道：「我們先好好地休息一下，然後等我們訂購的另一具探測儀，我想這幾天可以運到了，這具探測儀性能雖然不如上一架那麼好，但也很不錯，它的雷達探測設備，和紐約機場的檢查站查緝黃金走私的那架是一樣的。」

木蘭花講到了這裡，向布卡望了一眼，才又道：「胖子布卡既然將我們帶到這裡來，那麼，我們就有理由相信，寶藏一定在這裡！」

「多謝你看得起，小姐！」連嘴都被打腫了的布卡，居然還能講話。

這天，他們無精打采地休息了一整天，拿最粗劣的食品給布卡吃，但是布卡卻十分快樂，仍是在不斷地嘲笑著他們。

第二天，他們順著甬道，來到甬道的盡頭，花了兩天工夫，又掘了另一個沙坑，現出了那間石室的頂部來，那像是一條由大石鋪成的街，一直向前伸出去，當揭開了其中兩塊石板之後，那石室便已暴露在陽光之下了。

在甬道和石室中搜尋暗道的工作仍在進行，但是卻並無所獲。

第五天，一架直升機運來了探測儀，雲四風立時安裝，接通了電流，利用雷達波的反射作用，這具探測儀可以測到二十公呎內的金子。

但是連續工作了三天，幾乎每一塊石塊，每一道石縫全都被試過，所得出的結論是：在這裡，根本沒有任何金子！

那一天晚上，當大家都在飲著濃黑的咖啡之際，干維爾警官出聲了，他道：「蘭花小姐，所謂迦太基的寶藏，我看是一個虛構的傳說。」

另一人立時道：「對了，我們實在不應該再白費時間了！」

一時間，眾口紛紜，幾乎人人都認為寶藏是不存在的。

但是木蘭花卻搖了搖頭，她道：「我本來是不願在胖子布卡面前低頭認輸的，但如今看來，也只好如此了！各位，有時候，是不能不做些自己不願做的事的。」

高翔愕然問道：「蘭花，你這樣說，是什麼意思？」

木蘭花頓了一頓，道：「我的意思是，我們得承認失敗，我們找不到藏金，我們要去問布卡，藏金究竟是在什麼地方？」

穆秀珍首先叫了起來，道：「去低聲下氣地問他？」

穆秀珍的這一句話，代替了眾人的心聲，每一個人臉上都現出了不以為然的神色，高翔道：「蘭花，你怎麼肯定他知道？」

木蘭花道：「我根據兩點，第一點，當我們第一次組織尋寶隊的時候，布卡和他的兩個助手，至多只用了兩小時的時間，便已確定了地下密室的地點，其二，當我們幾天之前，第一次進入那隧道，而被蠍群迫得退出之際，他已經知道我們為什麼退出來的了。」

干維爾警官道：「那又證明了什麼？」

「那證明他對這裡的一切知道得十分詳細，我認為他另外有十分秘密的資料，所以，他才會肯定我們找不到寶藏的。」木蘭花回答。

另一位警官道：「蘭花小姐，那麼，根據你的判斷，巨量的藏金一定是在這裡，而且布卡也知道它在什麼地方？」

「是的！」木蘭花肯定地回答著。

「那麼，為什麼雷達探測儀一無所獲呢？」

「雷達探測儀的有效距離只不過二十公呎，可能藏金在這個距離之外，也有可能藏金是由什麼東西包圍著的，而包圍藏金的東西，恰好可能不對雷達波起作用，例如厚的水泥層，厚的錫層等等。」

木蘭花講到這裡，略頓了一頓，道：「我只不過是推測、估計，但是胖子布卡卻完全知道那是怎樣一回事，所以要去問他。」

穆秀珍道：「他肯說麼？」

干維爾警官笑了起來，道：「那你們可以放心，令得一個人說出實話來，那原是我們的職業，我們有辦法令得他講的。」

木蘭花忙阻止道：「如果逼迫他，只怕他死也不肯說！」

干維爾警官卻再次地揮了揮手，道：「蘭花小姐，請相信我能夠完成這小小的任務，就將這事交給我好了，好不？」

干維爾警官的話中，已多少有不滿的成分在內。而避免和這幾位當地警方的高級人員起正面的衝突，這正是木蘭花一直堅持的原則，是以她不再說什麼，只是笑了笑，道：「祝你成功。」

干維爾警官和幾個警官一起離開，回到營地去，木蘭花等四人，則仍留在那寬大的石屋之中，高翔無聊地拿起一塊又一塊的石塊，抛向遠處。

穆秀珍氣惱地道：「這些如果全是金塊，那就好了。」

木蘭花道：「秀珍，你講的這句話，太沒有常識了。」

穆秀珍不服氣地瞪著眼，道：「怎麼？如果這些全是金子的話，有什麼不好？這和有沒有常識，又有何關？」

「當然有關，因為事實上，是不可能有那麼多金塊的，當我一進來之際，看見那麼多羊皮袋之際，我就知道這袋中絕不可能是金塊了。」

「為什麼？」

「因為太多了——應該說，體積太大了，金子是極重的東西，一般人都知道，但是一般人卻不知道金子究竟重到如何程度。你們可知道，一立方呎的金子有多重？」木蘭花望著三人。「一呎長，一呎高，一呎寬，一呎立方的金子，就重達一千斤了！」

木蘭花笑了起來，又道：「你們看，每一個羊皮袋至少有三立方呎的容量，大約有一千只之多，如果乘起來，就應該有三百萬斤金子，迦太基的藏金怎有可能達到那樣的數目？所以，這就是一個對金子重量的常識問題了，對不？」

穆秀珍無話可說，木蘭花又道：「由於對金子的重量缺乏常識上的認識，所以在電影上，我們全都可以看到一些笑話，一個走私者，可以輕而易舉地提起一手提箱的金塊——那手提箱雖然小，但至少也應有兩百五十斤的分量，絕不是普通人能提著瀟灑地行走的。」

高翔道：「那麼，有一部電影叫『七金剛』，也犯了同樣的錯誤了，他們搶到了七噸黃金，體積不是太大了一些麼？」

「是的。」木蘭花道：「我曾估計過，那一卡車黃金大約有四十噸左右，而那樣大小的金塊，每一塊的分量是將近八十斤，電影結尾時，車子翻了，金塊散了一地，居然有一個小學生也拿起了一塊金塊來，那小學生應該是未來的世界舉重冠軍了。」

雲四風沉吟了一下，道：「蘭花，那麼照你的看法，迦太基的藏金，在體積上而言，實在是十分細小的，是不是？」

木蘭花嘆了一聲道：「是，我想這便是我們為什麼至今還沒有找到它的原因。我估計，當時戰爭連年，戰費消耗極巨，迦太基的財富一直在外流，到最後，能夠還有二十噸金子已然很不錯了。」

「二十噸，」穆秀珍叫道：「那是多少？」

「大約是三千萬美金——當然，這只是指黃金部分而言的，寶石部分的價格，是無法估計的，那體積當然更小了、全部寶石可以被裝在一只箱子中，也不是奇事！」

「蘭花，」雲四風道：「我有一個想法，會不會砌成甬道的石塊之中，有若干塊便全是金子的，那樣，就可以將黃金巧妙地隱藏起來了。」

「我也這樣想過。」木蘭花道：「但如果是那樣的話，雷達探測儀應該有反應的，可是事實上卻沒有，所以我認為應該另有暗道的。」

「可是我們幾乎已檢查了每一道石縫了啊！」

「是的，所以我們才不得不承認失敗，要去問布卡了。我們去看看，他們追問布卡的結果怎樣了！」木蘭花一面說，一面攀出了暗室。

當他們的車子駛近營地，離營地大約還有半哩的時候，便已然可以聽到干維爾警官和其他幾個警官的怒吼聲，和布卡的笑聲了。

一聽到這樣的聲音，干維爾警官他們絕未能在布卡的口中得到什麼，已是可以肯定的事了。

木蘭花吩咐道：「詢問布卡的事，最好交給他們，我們不要去管。」

高翔道：「蘭花，他們失敗的成分居多！」

「是的，但有我們參加卻也未必可以成功，但如果他們失敗了，我——」她講到此處，略停了一下才道：「我卻有一個一定可以成功的法子。」

高翔等三人齊聲問道：「什麼辦法？」

但是木蘭花卻並不回答。

木蘭花將車子的速度提高了許多，幾乎是衝進了營地之中。她停了車子，下了車，向一個警官打了一個招呼，道：「怎麼樣？」

那警官道：「這雜種不肯說！」

木蘭花笑道：「他很快就會屈服了！」

她講了一句話，便自顧自地，到營帳中去休息了。

那一天晚上，胖子布卡的慘叫聲和怪笑聲，幾乎一直沒有斷過，到了天明時分，布卡的聲音已然變得十分之微弱了。

至於在那一晚，干維爾警官是使用了一些什麼方法在詢問布卡的，那實在沒有詳細描述的必要，因為那太不人道，也太醜惡了！

雖然以布卡所犯下的罪行來說，干維爾警官的手段不算是過分，然而等到第二天天色微明時分，木蘭花出現的時候，心中也不禁有一種說不出來的不舒服之感。

布卡仍被綁在木柱上，他的上身布滿了各種各樣的傷痕，幾乎已找不到一吋完整的地方，他的頭垂著，顯然已昏了過去。

而干維爾警官的白襯衣上，也染滿了血漬。

他捲起了衣袖，凶神惡煞地站在布卡的面前，但當他看到了木蘭花的時候，他的神色，變得十分尷尬，竟罵道：「媽的，這個雜種什麼也不肯說，但是放心，今天他一定會肯說的了。」

木蘭花又望了布卡一眼，才用十分沉重的聲音道：「照這樣的辦法問下去，他能夠活得過今天麼，干維爾警官？」

干維爾警官一怔，道：「這——」

木蘭花向他做了一個手勢，低聲道：「來！」

木蘭花只講了一個字，便轉身走了開去，干維爾警官也立即跟在後面，來到一個帳篷的旁邊，木蘭花才停了下來，道：「我倒有一個計劃，但不知你肯不肯接受，如果你們不肯的話，那麼想找到寶藏，已是沒有可能的了。」

干維爾警官苦笑了一下，道：「好，你說來聽聽。」

木蘭花低著頭，足尖踢著地上的沙子，將她的計劃講了出來。干維爾警官聽了之後，臉上現出了極其為難的神色來。

但是在考慮了幾分鐘後，他毅然道：「好！」

木蘭花吁了一口氣，因為如果干維爾警官不答應的話，他們的尋寶工作，實在是沒有法子再繼續下去，只好宣告失敗了！

她又道：「你既然已經接受了我的計劃，那麼就應該通知其餘的六位警官，切實執行。」

「我會通知他們的。」

「一定要執行得絕對徹底，干維爾警官，藏金被發現與否，對你們的國家有著特殊的意義，我想你是明白的。百分之三十，那也不是小數目的了。」

「我明白。」

「那就好了！」木蘭花挺了挺身子，走了開去，她立即又和高翔、雲四風和穆秀珍三人會合，對他們宣布了她的計劃。

太陽漸漸升高，一大桶冷水，潑向綁在木柱上的布卡。

布卡一直低垂著的頭，慢慢地抬了起來。

他的雙頰已然被打得高高地腫了起來，以致他幾乎沒有法子在他發腫的臉上，擠出一個笑容來，他貪婪地伸長著舌頭，舐著自己的臉上淌下來的水珠。

然後，只聽得他乾澀的笑聲，又響了起來。

他一面笑著，一面掙扎著道：「你們問不出什麼來的，殺了我吧！我是布卡，是罪大惡極的人，殺了我！」

站在他面前的三位警官，冷冷地望著他。

干維爾警官冷冷地道：「布卡，今天你要是不說的話，你睜開雙眼來看看，我們替你準備了一些什麼，你快看清楚！」

他一面說，一面向旁一指，只見另一個警官走向前來，他的手中，端著一盤熊熊的炭火，而在炭火之上，則是一柄鐵鉗。

干維爾警官「呵呵」地笑了起來，道：「我們準備為你燙頭髮，哈哈，這會使你看來好看一些，去陰司報到時也像樣一點！」

那警官將火盤放在布卡的面前，拿起了燒紅了的鐵鉗來，在布卡的面前晃了一晃，布卡全身的肌肉都在簌簌地發著抖。

那警官突然將鉗子向布卡的頭頂上放去，離開布卡的頭頂約有兩吋，但是灼熱的鉗子立時令得布卡的頭髮捲了起來，發出「嗤嗤」的聲音和一陣陣難聞的焦臭，變成了一粒一粒的焦炭，看來有點像某些黑人天生的小鬈髮一樣！

那警官再將鉗子緩緩地向下壓去，布卡所受的痛苦，一定是難以形容的，他張大了口，眼珠像是要從眼眶之中突了出來一樣。

他不住地喘著氣，發出濃濁的聲音來。

干維爾警官冷冷地道：「你說不說？」

這時布卡的頭皮像是也焦了，在收縮著，以致布卡五官的位置都被牽動，而變得和平時不一樣起來，但是他還是罵道：「狗雜種，你是個狗雜種！」

干維爾警官一揮手，道：「將鉗子放在他的頭皮上！」

那手執鉗子的警官一聲答應。

布卡臉上的肌肉突然跳動著，而且迸出了許多汗珠來。但也就在此際，只聽干維爾警官的身後，傳來一聲斷喝，道：「住手！」

同時，那警官的手臂也被人捉住，同時，被人用力一推，推得向外，跌出了好幾步，雲四風和高翔兩人同時出現。

高翔沉聲道：「這未免太過分了！」

干維爾警官滿面怒容，厲聲道：「滾開！」

高翔的面色十分陰暗，道：「你在對什麼人說話？我想，你不是對我說的，是不是？干維爾警官，你說是不是？」

這時候，氣氛已顯得異常緊張了！

雲四風向前踏出了一步，但那剛才被他推了一下的警官，手中仍握著鐵鉗，卻立時向他逼近了一步，木蘭花也出來了。

木蘭花在十呎之外叫道：「高翔，什麼事？」

高翔沉聲道：「這人曾當著我說滾開，我在問他究竟是對誰在那樣說。」

穆秀珍手叉著腰，搖搖擺擺地走了過來，道：「當然不會是對你說的，高翔，我想他是自己對自己說的，對嗎，干維爾先生？」

其餘五個警官，也向前走了過來。

干維爾警官的面色鐵青，他道：「我們有必要吵架麼？」

「誰和你吵架！」高翔道：「你叫誰滾開？」

干維爾警官的怒火，終於遏制不住了，他大聲地吼道：「只有你一個人在我的面前，如果我說了滾開，那當然是叫你——」

他下面一個「滾」字還未曾講出口，高翔已突然向前踏出了一步，猛地揮拳，向干維爾警官的下顎擊了出去。

那是十分有力的一拳，擊得干維爾警官的身子，陡地向後仰去，在沙地之中滾了幾滾，在他還未曾站起來之際，他已然掣槍在手。

但是，他還未及用槍向高翔瞄準，雲四風突然向前，舉起足來，踏住了他的手腕。干維爾警官的手指，仍然不斷地扳動了槍機。

驚心動魄的槍聲響了起來，另外兩個警官向雲四風撲了過去，雲四風一個轉身，向其中一人疾撞了出去，將那人撞得跌出了六七步，他還一伸手，在那人的槍袋中，拔出了槍來，他一個急旋身，「砰砰砰」接連放了三槍！

在那三下槍聲之中，只聽得木蘭花尖叫道：「別放槍！」

雲四風那三下槍聲一響，立時有三名警官翻滾著，跌倒在沙地之中，他們都幾乎是立時臥在沙地之上，不再動彈。干維爾警官這時也跳了起來。

在不到兩分鐘之間，事情竟然發展到了這一地步，這是兩分鐘之前所萬難預料的，因之剎那之間，每一個人都站在原來的地方，動也不動，也沒有人出聲。

過了足足有一分鐘之久，才聽得干維爾警官道：「雲四風，放下槍來，你們四人，全因為謀殺警官罪而被逮捕了！」

他講到了這裡，又咬牙切齒地補充了一句，道：「你們全將被判處絞刑！」

雲四風的回答是「砰」地一聲！

那一槍，射向干維爾的右手，干維爾發出了一聲怪叫，手上的槍向外疾拋而出，高翔一個箭步，搶過去將槍接在手中。

鮮血自干維爾警官手上流下來，他捧著受傷的手，僵立著不動，高翔回過頭來看看木蘭花，道：「蘭花，我們應該怎樣？」

木蘭花沉聲道：「除了我們自己用之外，將所有的交通工具和通訊器材予以破壞，我們必須立即離開這裡，你們兩人看住他們！」

木蘭花一講完，便向穆秀珍一揚手，兩人奔了開去，不一會，幾輛車子便已起了火，而一個營帳中，還傳來了爆炸之聲。

然後，他們又駛著一輛中型吉普車回來，道：「走，我們快走！」

高翔和雲四風兩人握著槍，慢慢地後退，一面退出，一面道：「在我們射程之內，最好你們一動也別動！」

他們退到車邊，一躍上車。

駕車的是穆秀珍，她踩下油門，車子的引擎發出了巨大的聲響，眼看他們就要離開了，干維爾警官厲聲罵道：「你們逃不了的！」

也就在這時，只聽得被綁在木柱上的布卡，用十分淒厲的聲音，叫道：「帶我一起走，木蘭花，帶我一起走，求求你們！」

木蘭花冷冷地道：「秀珍，開車，別睬他！」

布卡的叫聲，簡直尖利得可以將玻璃劃破一樣，他叫道：「帶我一起走，對你們會有好處，我們曾經合作過，是不是？」

木蘭花命令道：「開車！」

車子陡地一震，向前衝出了幾碼，布卡絕望也似，撕心裂肺地叫道：「放開我，你們還來得及發掘出藏寶，然後才離去！」

已然駛開去的吉普車，又倒退了回來。

吉普車一直退到了木柱之前，才停了下來，高翔和雲四風四人，立時從車上跳了下來，監視著干維爾警官等四個人。

而木蘭花則冷冷地望著布卡。

她望了布卡好一會，才道：「你這樣說法，是什麼意思？你以為我們可以供你一而再地加以愚弄麼，別做夢了，再見罷！」

木蘭花再揮手道：「開車！」

布卡滿頭大汗地叫道：「不……不……不……我們有一切機械在，只要一天的時間，我們就可以將藏金起出來，在沙漠中發生的事情，是不會有人知道的，如果這四個雜種也死去，那就更安全了！」

「我們不會再傷人的了。」木蘭花立時拒絕。

「那麼，可以將他們綁起來。」布卡叫道。

「然後又怎樣呢？」

「我知道藏金的秘密，蘭花小姐，我們一起挖掘藏金，然後平分！一人一半，你以為這公平麼？這不是很公平麼？嗯？」

木蘭花搖著頭。「這裡根本沒有什麼藏金，根本沒有，你不必用這種話來騙我們，我們已經用一切方法搜尋過了。」

「可是有一處地方，你們卻不曾搜尋到！」

「什麼地方？」木蘭花問。

「那是……那是……」布卡講了兩個「那是」，突然不再講下去，道：「唉，我們何必在這裡浪費時間，我帶你們去不好麼？」

木蘭花又考慮了片刻，才道：「高翔，命令他們四人相互綁起來，要綁得緊些。布卡若是想騙我們，我想他是沒有機會活下去的。」

她也躍下了車子，用一柄尖利的匕首，陡地一揚手，向布卡的面前劃了下去。

她那一劃，像是要將布卡齊中剖了開來一樣。

然而她出手雖快，手上的力道卻是恰到好處，她手中的匕首，將綁住布卡身子的繩索一起割斷，布卡的身子一軟，跌在沙地上。

但是，他又立即站了起來。

他轉過身，將被縛的雙手轉向木蘭花。

木蘭花又以匕首將他手上的繩索割去，布卡的雙手鬆開之後，用力地搓揉著，他滿是傷痕的臉上，才漸漸有了一絲血色。

這時，那四個警官已經全被綁起來了，坐在沙上。

木蘭花向他們走去，道：「如果你們不掙扎逃去的話，那麼我們在得手之後，可以將你們載到沙漠的邊上，你們步行一兩天就可以脫險，但如果你們想在這裡就逃走，沒有交通工具，我想你們會知道結果是怎樣的，不要妄動對你們有利，明白麼？」

干維爾警官仍然在喃喃地咒罵著。

木蘭花俯下身，用極低的聲音道：「干維爾警官，在我們未回來之前，你們在這裡等著，千萬別前來，在藏金未到手之前，你們的出現都足以壞事。」

干維爾警官也迅速地點了點頭。

木蘭花、高翔雲四風三人，一起退到了車子的邊上，高翔扶著布卡，跳上了車子，穆秀珍幾乎要高興得叫了起來，她立時踩下油門。

車輪激起了好幾股沙柱，車子也向前疾衝而出，轉眼之間，已是看到陣陣揚起的黃沙，而再也看不到疾駛中的車子了。

干維爾警官也突然大喝一聲道：「起來。」

那「中了槍」，一直躺在沙上不動的三名警官，陡地跳了起來，那被綁住的四人，連干維爾在內，抖了抖手，身上的繩索也全部落了下來，根本綁住他們的，全是活扣。

一位警官來到了干維爾的面前，道：「副局長，木蘭花的計劃成功了！」

干維爾警官吸了一口氣道：「但願她成功！」

另一個警官道：「副局長，我們——」

干維爾警官一揚手，打斷了那人的話頭，道：「一切仍然照原來的計劃不變，明白了麼？」

又一個警官道：「你想，若是他們得到了藏金的話，還會回來麼？如果他們不回來的話——」

「木蘭花他們一定會回來的，除非他們有辦法將巨額的黃金立時偷運出去，但事實上他們不會如此做，我們大可以放心。」

干維爾警官摸了摸下顎，剛才那一場由木蘭花導演的「戲」，全是假的，但是高翔擊向他下顎的那一拳，卻是真得不能再真了。

直到這時，干維爾警官在講話的時候，下顎還不禁一陣陣地在劇烈地疼痛！

他又道：「我們可以好好地去休息一下了！」

7 人性弱點

木蘭花的計劃，這時已成功一半了！

這一場衝突是故意引起來的，一切經過全部都十分好，布卡做夢也料不到那一切會全是假的，而這計劃中最高明的一點，是在事情的進行中，木蘭花他們根本不當有布卡這個人存在一樣，事情一完，立時駕車逃走，連瞧也不瞧他一眼！

然而，她整個計劃的焦點，卻是為了要讓布卡自動地投上鉤來。

果然，當他們要走的時候，布卡乞求他們帶他走！而且，布卡也以說出藏金的秘密為條件！

車子在沙漠中迅速地駛著，布卡喘著氣，道：「有酒麼？我需要酒，這幾天來……我相信……世上只有我一個人才能忍受這樣的虐待。」

雲四風遞了一瓶威士忌給他。

他打開塞子，大口地骨嘟骨嘟吞著酒，然後又道：「媽的，得了藏金，我一定要組織一個外籍兵團，去攻打突尼斯市，非將干維爾這雜種抓來報仇不可！」

木蘭花「哈哈」笑了起來，道：「那你也未免將事情看得太容易了，如今的阿拉伯國家，你當還是一百年以前的阿拉伯國家麼？」

布卡道：「我有法子報仇的，我有的——」

他忽然道：「我們現在到那裡去？」

木蘭花道：「這是正要問你的！」

布卡「嗯」地一聲，道：「你們從那入口處，發現了一條甬道，而甬道的盡頭處，則是一間十分寬敞的石室，是不是？」

「不錯，你的資料很詳盡。」

布卡笑了一下，道：「當然，我的祖先對於搜集迦太基藏金的資料，下了好一番苦功，但是他們都參不透其中的一個啞謎。」

「是麼？」木蘭花饒有興趣地問道：「什麼啞謎？」

「那是一首小詩。」布卡興致勃勃地道。

「你當然是背得出的了？」

「當然！」布卡吸了一口氣，像是想背那首詩，但穆秀珍卻轉過頭來，道：

「我們究竟到什麼地方去呢，嚮導先生？」

「當然是那間石室！」布卡叫著。

就在那一剎間，木蘭花的心中陡地一亮！木蘭花一揚手，不讓布卡再說下去。

她心中那一亮，令得所有的迷霧全都驅散了！

她不由自主地嘆了一口氣，道：「迦太基人真聰明啊！」

高翔和木蘭花相處久了，早已可以在木蘭花那種恍然大悟的神情上，知道她已突然想到了什麼，是以他問道：「蘭花，你想到了什麼？」

木蘭花沉聲道：「我也知道藏金在何處了！」

「真的？」幾個人異口同聲地問。

「不會的，」布卡的神色，卻顯得十分緊張，「而且，就算你想到了藏金在什麼地方，你仍然需要我的帶路，我不會騙你的！」

木蘭花緩緩地點頭道：「我相信你這句話。」

布卡鬆了一口氣，道：「那就好了，我……」

穆秀珍向他一瞪眼，道：「你少囉嗦，蘭花姐，藏金在什麼地方，你是怎麼知道的，快告訴我們，別再賣關子了，好不？」

穆秀珍抓住了木蘭花的手背，搖著請求。

木蘭花笑道：「誰說我準備賣關子？」

「那麼，藏金在什麼地方？」高翔問。

「就在那石室之中。」木蘭花簡單地回答著。

「那不可能！」雲四風立即道：「我們幾乎找過了每一塊石頭，卻未曾發現有一絲一毫的可疑之處，那裡沒有暗道！」

「是的！我們找過那石室，可是有很多地方沒有找。」

「那是不可能的。」高翔和雲四風同時回答。

「是啊，蘭花姐，我們甚至連石室的頂部也找過了。」

「對，秀珍，我們找過石室的頂部，但是那間石室的地上，我們可曾找過？」

木蘭花一面說，目光一面在各人的身上掠過。

「地上？」高翔反問了一下。

「蘭花姐，」穆秀珍插嘴道：「地上全是石塊，鋪得足有兩呎來高，不清除那些石塊，如何可以在地上尋找什麼暗道？」

「是啊，那我們之中可有想到清除石塊？」

高翔等三人，面面相覷。

的確，沒有人想到過。

那些石塊，曾給他們帶來極大的失望，因為他們在一進石室中的時候，一心以為那些應該是金塊才對的，然而他們失望了。

在他們失望了之後，他們之間，誰也不願意提起那些石塊來，他們在那些石塊上踏來踏去，但是連多望一眼也感到不舒服。

當然，他們之間，也絕沒有人想到要將那些石塊清除出去，再在石塊的下面去尋找暗道，直到木蘭花這時指出，他們才一起呆住了不出聲。

「唉，」木蘭花嘆了一聲，「迦太基人藏下了他們的金子到如今，已有近兩千年了，但是在兩千年的悠長歲月中，人性的弱點卻絲毫未曾有所改變。人對於自己的失敗，對於自己的弱點，總是要盡力掩藏起來不想被人看到，也不願再度提及的！」

木蘭花講到這裡，略頓了一頓，才又道：「我們在割破羊皮袋的時候，石塊滾了出來，則令我們失望，使我們遭到了失敗，也令我們的自尊心大受打擊，在這樣的情形下，我們當然不會再去動那些石塊，因為若是去搬動那些石塊的話，等於在撥動我們自尊心所受的創痕，但是，通向藏金的暗道，偏偏就在石塊之下！布卡先生，我說得可對？」

布卡恭維地道：「聰明的迦太基人，瞞得過所有的人，但卻瞞不過你。」

「也瞞過我了，我明知藏金一定在這裡，但是我卻找不到，不是你的提示，我也是想不到的。當時，我曾奇怪何以所有的石塊全是圓形的，現在我自然明白了，那是易於滾動，可以使石塊平坦地鋪滿在那石室的地下之故，這的確是天才的設計。」

經木蘭花道破了之後，眾人的心更急了。

車子在沙漠中疾馳，以最短的時間，來到了那石室的邊上，木蘭花跳下車，道：「快去準備起重機，將石室中的石塊吊起來。」

布卡在車上站起身來，向下望著，道：「頂上的洞要炸得大一些，那樣，起重機工作起來，就不會受到太多的阻礙了。」

雲四風伸手在布卡的肩頭上拍了拍，道：「你在車上好好地休息一下，等到我們將所有的石塊都清除出去之後，會來請你帶路的。」

他們四個人一起躍下了車去忙碌了。

布卡的精神，在異常亢奮的情形之下，本來他受了這許多日子的折磨，是十分需要休息的，但是他卻也一拐一拐地下了車，來幫眾人的忙。

起重機被駛了過來，雲四風也已將炸藥安在石室的頂上，眾人退開了十來碼，「轟」地一聲巨響過處，石塊四飛，石室頂上，出現了一個大洞。

兩架起重機輪流將石塊一斗一斗地吊了起來，棄在沙漠中，他們不停地工作著，足足六個小時，才將石室中的石塊一起清理了出來。

在那六小時之中，他們幾乎一停也未曾停過。

等到最後的一斗石塊被吊了起來之後，他們才一起鬆了一口氣，各自抓著一把木壺，喝起水來，而布卡則早已連跌帶爬地向石室爬去。

只聽得他在爬進了石室之後，便叫道：「在這裡！你們快來看，我已經找到暗道入口處了！」

木蘭花等四人連忙低頭去看，只見布卡在石室中跳著，他的雙足不斷地踏著其中的一塊青石板，他們也連忙到了石室中。

「這裡，撬起這塊石板來！」布卡叫著。

「你肯定麼？」

「我可以肯定，那首歌謠的最後兩句是『直七橫八見分曉，由此直下便見寶。』你們看，直七，橫八，不就是這塊石塊麼？」

高翔拿起了一柄鶴嘴鋤，便在那塊青石板上鋤了一下，發出的聲音果然相當空洞，高翔沿著石縫猛地一鋤，鋤了下去，然後用力一撬。

那塊石板動了一下，雲四風上去，和高翔一起移動鋤柄，石板被慢慢地撬了起來，石板撬起之後，下面是一個黑溜溜的深洞。

木蘭花取出強力電筒，向下瞧去，只見那洞足有兩丈來深，直上直下，約有四平方呎大小，足可以容一個人下去。而在洞的四壁，並沒有梯級，是以除了用繩子垂下去之外，是沒有別的辦法的。

在電筒的照射下，依稀可以看到，到底之後，向前另有通道。

木蘭花吸了一口氣，道：「準備氧氣面罩。」

然後，她望向布卡，道：「好了，進這個洞之後，再怎樣走法，你應該在如今就詳細地告訴我們，不必等進了洞再說。」

布卡忙道：「我想，在進了洞之後，一定可以見到藏金了，那首歌謠，全首都是和藏金有關的，它告訴我，有一條每隔五塊石板，便有一塊銀塊埋藏的路，直通到一條甬道的入口處，而甬道之中，有一大窩毒蠍，那是一直在的，甬道的盡頭，便是一間石室，石室中有一千只羊皮袋，但是只有傻瓜才會以為皮袋中藏的是金子，金子是在下面，在石板的下面！」

布卡一口氣講完，才又補充了一句，道：「這首歌謠，是抄寫在那張地圖之上的，詞意十分隱晦，我花了多年的時間，才研究出其中的含意來。」

木蘭花點頭道：「你研究的成績很好。」

布卡受了木蘭花的稱讚，顯得很高興。

這時，高翔將氧氣面罩取來了，背上了氧氣筒，戴上面罩，準備好了繩子，木蘭花第一個下去，布卡跟在後面，再後面是穆秀珍和雲四風。

高翔沒有下去，一則，是由於不論是往下還是往上，都必須有一個人在上面照應；二則，上面也最好有一個人看守著。

當然高翔是極想下去的，但是既然一定要有一個人在上面，他自然也不會埋怨的，穆秀珍十分同情他，答應一看到了藏金，就立即用無線電通訊儀告訴他。

木蘭花在雙足著地之後，就解開了繩子，在強烈的電筒照射之下，她發現前面有一條極窄的通道，她向前走出了幾步。

然後她等到三人都下來了，才繼續向前走去。

那條極窄的通道，只不過三碼長，在經過了那三碼的窄道之後，眼前豁然開朗，乃是一條地下的街道。

那條地下的街道，十分寬敞。它的兩邊，全是高大的石塊，每隔上二十碼左右，便有一條巨大的石柱，它寬得足可容五輛卡車同時前進，在地上，有著數寸厚的一層微細的沙層。那當然是積年累月從石縫中漏下來的細沙粒。當他們在街道上行走之際，就如同踏著雪一樣。

那條街道足有半哩長，在地底下而有那麼宏偉的街道，在現代的技術而言，當然算不了什麼，但這卻是在兩千年之前建成的！而且，當建築這條地下街道之際，迦太基人還是在經歷了百餘年的戰亂之後，當時工程之偉大，艱鉅，實在是使人感嘆不已。

他們四個人，不約而同，腳步都放得十分沉重，他們一聲不出，除了偶而因為心中的驚嘆而發出的「噢」地低呼聲之外。

不消多久，他們已來到了那條地下街道的盡頭。

地下街道的盡頭，是一個巨大的半圓形的牆壁，那情形有點像露天歌場的迴音壁，或者說，像是一個高達三十呎的大蚌殼豎放著。

在那堵高牆之下，是一個石臺，一個由大理石砌成的大石臺，大約有十呎高，十呎長和十呎寬，全是由大石塊砌成的。

在那個石臺之上，有一個神像站立著。

那個神像，是財富之神，和中國的趙玄壇財神意義相同，那個財神和真人一樣高，他的一隻手指，向下指著那個大石臺。

到了那個石臺之際，他們四人不約而同地吁了一口氣，木蘭花道：「如果沒有什麼意外的話，我相信巨量的黃金，一定是在石臺之中了！」

雲四風早已拋出了一個繩圈，索住了那神像，他拉著繩子攀了上去，到了石臺之上，石臺上十分平整，他仔細地察看著。

等到四個人全上來了之後，木蘭花道：「我們試試推動那石像，你們注意到了沒有，不像是一塊大石連在一起的。」

木蘭花的話還未講完，穆秀珍便已用力推了起來。

那神像有一隻手臂，是打橫伸出的，如同槓桿一樣，十分容易著力，他們四人用力向前推，但是那神像卻一動也不動。

木蘭花喘著氣道：「我們換一個方向試試。」

他們換了一個方向，仍然未能將神像推動分毫，雲四風道：「蘭花姐，我看這神像是不能旋轉的，你看，它的底座是方的，不能旋轉。」

「但是我相信是不是能發現藏金的關鍵，一定是在這具神像上。布卡，你的意見如何？」木蘭花抹了抹汗，問著布卡。

布卡緊蹙著雙眉，道：「我看也是。」

穆秀珍一揚手，道：「如果不能將之轉動，那麼試著將之推倒，看看怎樣？」

木蘭花還未曾回答，穆秀珍和雲四風兩人已然用力向神像的身子推去，在他們合力一推之下，神像居然動了一動。

穆秀珍大喜道：「快推！」

木蘭花也是一喜，他們一起合力，只見那神像向後仰去，可以看到那神像竟然是空心的，在神像的腳部，有一支極大的鐵鉤，那鐵鉤又和另一支鐵鉤相鉤著，也不知是什麼作用。

他們仍用力推著，神像漸漸傾斜，那兩支鐵鉤也漸漸拉緊，在遠處，似乎有一陣陣隱隱約約的格格聲傳了過來，眼看神像就要被推倒了。

但是，遠處的「格格」聲突然變成了隆隆聲，彷彿大地在震動一樣，那隆隆的聲響，是自地下街道的上面傳來的。

轉眼之間，那種震動越來越甚了，連得那個石臺也在震動了，木蘭花抬頭向上一看，只見地下街道的上面，一大塊一大塊的石板縫中，沙粒像是驟雨一般地落了下來。

木蘭花的心中陡地一動，忙叫道：「別再推了，那神像不能倒！」

然而，已經遲了！

她一句話才出口，「轟」地一聲響，神像已倒了下來，那神像一倒，兩支鐵鉤中的一個，「啪」地一聲斷折，震動和隆隆聲突然大作！

木蘭花雙手向雲四風和穆秀珍兩人猛地一推，將他們從十呎高的石臺之上推了下去，她自己也湧身向下，躍了下去。

那時，震動更厲害了，她在地上站定之後，幾乎站立不穩，她四面一看，只見那石像倒了下來，擱在石臺上，成為一個斜角。

在神像之下，勉強可以躲上幾個人。

木蘭花向神色倉皇的雲四風和穆秀珍兩人一招手，他們三人一起滾到了那神像之下，躲了起來，也就在他們剛一躲起之際，轟隆的巨響便相繼傳了出來，頂上一大塊一大塊的石板開始向下落來，整個地下街道在劇烈地搖撼著。

不但是上面的石板一塊塊地掉了下來，那巨大的石柱，更是一根接著一根相繼倒了下來，每一根巨柱倒下，都如同一下劇烈的地震一樣！

那真是世界末日！

木蘭花、穆秀珍和雲四風三人，才一躲在神像之下，一塊巨大的石板便凌空而下，當那塊石板砸下來之際，他們好像聽到了胖子布卡的一下慘叫聲。

但這時，他們的四周充滿了震耳欲聾的轟隆聲，究竟那是不是布卡在慘呼，他們也難以肯定，而那塊石板向他們直壓了下來，砸在神像之上，由於撞擊力十分大，「砰」地一聲，齊中斷裂了開來，靠在神像上，形成了一個小小的空間。

他們三人就存身在這個小小的空間之中。

他們覺出，自石板下墜之後，還有許多大大小小的石塊，自空而降，那些石頭打在石板上，俱都發出沉悶的聲音，可知分量十分重。如果不是恰好有那塊石板斷裂，分兩面遮住了他們，那麼飛落而下的石塊，定然將他們三個人一起砸成肉醬！

他們在接下來的那一段如同世界末日的時間中，心驚肉跳，驚心動魄，除了接受那一下接著一下的轟隆巨響之外，什麼也不及去聽。

在大小石塊落下來的同時，沙也開始向下傾瀉。

當大量的黃沙開始向下傾瀉之際，轟隆的聲響變得沉悶許多，石板可以遮住石塊，但是卻不能遮住黃沙，他們的身子，迅速地被埋在沙堆之中。

當他們的全身被埋進在黃沙中之後，眼前變得一片漆黑，本來，在這樣的情形下，他們是非要被活埋在沙堆之中不可的了。

但是，他們在進來的時候，卻全是佩戴著氧氣頭罩的，是以這時他們的身子雖然被埋進了沙中，他們的呼吸還不發生問題，他們的無線電通話系統，也還可以通話，木蘭花忙道：「鎮定，別動！檢查你們的通話系統，你們全聽到我的話麼？」

雲四風的回答立時傳來，道：「聽到！」

穆秀珍的聲音急得有點哭音，她道：「蘭花姐，我全身都被沙埋住了，我……我被活埋了。」

「我們都一樣。」木蘭花回答，「我和高翔通話，你們保持鎮定，千萬不可亂動，在我們的上面，可能壓有數千噸的石頭。」

木蘭花的手在沙中慢慢地移動著，過了幾分鐘之久，她的手才摸到了無線電遠程的通話掣，她按下了掣，急叫道：「高翔，高翔，你聽到我的聲音麼？」

她一講完，連忙按下了掣，等候高翔的回答。

但是，她卻得不到高翔的回答，她只聽到了一陣「嗡嗡」的聲響，那表示無線電通信儀並沒有壞，但是高翔卻沒有回答。

木蘭花再按下掣，又呼叫了幾遍，最後道：「我們的情形十分危急，我們等於被活埋了，在我們的身上可能有數千噸沙石，請立即回答。」

然而，當木蘭花講完，按下掣，等候高翔的回答時，仍然只是一些輕微的「嗡嗡」聲。

木蘭花開始焦急了，他們如今被埋在沙中，也不知有多深，唯一可以救他們的，就只有高翔，但是高翔卻一點反應也沒有！

難道高翔也出了事？

木蘭花心中一涼，只聽得穆秀珍又道：「蘭花姐，高翔為什麼沒有回答？我們怎麼辦？蘭花姐，我……覺得透不過氣來。」

雲四風忙道：「秀珍，別心理作用，我們每一個人的壓縮氧氣，至少可以維持八小時，現在有足夠的氧氣呼吸的。」

「那麼，八小時以後呢？」

雲四風和木蘭花兩人都不出聲。

穆秀珍的這個問題，自然只有一個答案，八小時之後氧氣用盡，那麼他們自然窒息而死，還有第二條路可供他們選擇麼？

木蘭花呆了片刻，才道：「我們仍繼續使用無線電和高翔接觸，如果他也發生了什麼意外，那麼我們就要自己想辦法了。」

雲四風苦笑了一下，道：「我們究竟遭到了什麼意外？」

木蘭花嘆了一口氣，道：「我們進入的整條地下街道，就是一個極大的陷阱，那是用極巧妙的建築建成的，只要一牽動那神像，那支大鐵鉤一脫落，就有一塊石板崩下，而一塊石板崩下，又導致另一塊石板的崩塌，乃至所有的石塊一起解體，這是迦太基人設計來生葬羅馬軍隊的，但是當年羅馬人根本未能找到這條地下街道，卻被我們撞上了。」

木蘭花又苦笑了幾下，道：「而且我們還遇到更多的困難，兩千年來，這裡變成了沙漠，我們變得被埋在沙中，出不去了。」

雲四風忽然叫了一聲，道：「蘭花！」

木蘭花問道：「你想到了什麼？」

雲四風道：「蘭花，如果沒有沙，只是石塊壓在我們的上面，那我們根本沒有法子出去，但是大量的沙一起傾了下來，對我們的脫身，反倒是有利的。」

木蘭花略想了一想，道：「你的說法很有理，因為大量的沙承擔了石塊的重量，我們可以設法扒開沙，向上升去，可是——」

木蘭花嘆了一口氣。

穆秀珍將她未曾說完的話接著說了，道：「可是誰知道上面的沙會有多厚呢？」

他們二人又不出聲了。

誰知道沙會有多厚呢？

這時，他們是在一塊大石板的遮蓋之下，但如果他們要鑽出去，那就必須離開大石板的庇護，那麼，沙層不必太厚，只要有五呎的話，那種巨大的壓力，便不是他們所能承受得起的。他們勢必被沙緊緊地埋住，連動一動都在所不能。

他們靜了片刻，木蘭花仍然不斷地在向高翔求救，又過了半小時左右，雲四風道：「我想到了，我身邊有一柄爬牆槍。」

穆秀珍道：「吥，那有什麼用？」

「那是強力的爬牆槍，連著一支鉤子，可以射上二十呎高的牆，將鉤子掛在牆上，人就沿著繩索爬上去。」雲四風解釋著。

「唉，」穆秀珍說道：「我問你，那有什麼用處！」

「秀珍！」木蘭花道：「當然有用，他可以射出去，試探一下在我們上面的沙層究竟有多麼厚，你別太慌張了，我們要鎮定。」

穆秀珍呆了一會，才道：「蘭花姐，你說我什麼時候在危急中慌張過，可是我們……我們現在是被埋在沙漠之中了。」

「那麼慌張就有用了麼？」

穆秀珍不再出聲，雲四風好不容易取了那柄槍在手，慢慢地向外，伸了出去，令得槍口向上，然後，用力扳動了槍機。

他只覺得由於槍向後的反震下，沙層震得向下一壓，他的一條手臂立時被壓住了，剎那之間，手臂發麻，幾乎立即喪失了知覺！

雲四風緊緊地咬著牙關，用力將手臂慢慢扯了回來。

他雖然沒有出聲，但是他竭力掙扎著，轉動著身子的情形，木蘭花和穆秀珍兩人都是可以覺得出來的，她們緊張地等待著。

直到雲四風鬆了一口氣，木蘭花才問道：「怎樣了？」

「射出去了，我相信是射出了沙層的。」

「希望過路行人可以看到那鉤子。」穆秀珍講了一句，她的話聽來像是在譏諷雲四風，但是她卻真心希望這樣的情形會出現。

她講了之後，才道：「蘭花姐，別怪我，我不是故意這樣說的。」

木蘭花本來想要責怪穆秀珍幾句的，可是突然之間，她心中陡地一動，道：

「四風，震動來得如此之突然，高翔的無線電通話機，有沒有可能在一開始就落了下來了呢？如果是這樣的話，那麼豈不是儀器沒有壞，而我們又聽不到他的聲音？」

雲四風道：「是有可能的。」

「如果是這樣的話，那麼，你射出去的鐵鉤，真有可能救了我們也說不定的。」木蘭花充滿著希望地說著，「你剛才伸手出去，情形怎樣？」

「我能夠再縮回手來，實在是十分幸運的了。」

「四風，」秀珍道：「那麼說，我們爬不出去的了。」

「我看絕無可能。」

他們又不講話了，只有木蘭花，仍然不斷地在向無線電發出求救的呼號。

雲四風射出的那支鐵鉤，真的救了他們。

當地下街道牽一髮而動全身，開始毀滅之際，震動之劇烈，令得在那間石室中的高翔也突然跌了一跤，他連忙站了起來。

當他站起之後，那石室四壁的大石，也已經搖搖欲墜了。在剎那間，高翔不知道發生了什麼事，他只是對著那洞大叫道：「蘭花，蘭花！」

他叫了兩聲，才想到自己有無線電通訊器可用，但是當他伸手向腰際摸去時，卻發現掛在腰際的無線電通話機已然因剛才的一跌而落到了地上。

而正待他一步跨過，想去拾無線電通訊儀之際，石室的石壁已開始倒了下來，高翔為了不被大石砸中，唯一的辦法，便是離開那石室。

8 迦太基寶藏

他連攀帶爬，出了石室，整個沙漠似乎都在震動著，像是有一條一哩多長的巨龍，伏在沙下睡覺，而這時牠已睡醒了一樣。

不但是震動，而且轟隆的巨響，不斷自沙下傳了上來，沙漠坍陷了，高翔目瞪口呆地看著沙漠向下陷了下去，轉眼之間，便形成了一條十分筆直，深可十呎的坑道，而在坑道的盡頭，則有一堵蚌殼形的牆露了出來，因震動而騰起的黃沙，直揚起了三十呎高！

高翔完全呆住了，他的一生之中，不知經過多少冒險生活，但是卻從來也沒有如今這樣的恐怖經歷，他張大了口，闔不攏來。

而當他再闔起口來時，他口中已多了半口的沙子，那是剛才揚進他口中的，但是由於驚駭過度，他卻一點也不知道。

他沿著坑道向前奔著，叫著。他像是瘋了也似在沙上扒著，撥著，在那一剎間，他只想到一件事：木蘭花等四個人被活埋了。

但是逐漸地，他恢復了理智。

他想起他們四人是有氧氣罩的，不致窒息。

但是他的心情只鬆弛了半秒鐘，因為沙層下坍了那麼深，沒有一個人可以抵受得起這個壓力，一定是粉身碎骨的了。

高翔無助地坐倒在坑道中，竟然放聲嚎哭起來！

他不知道時間已過了多久，心頭像有千百條繩子在絞著一樣，使他不斷地發出哀痛欲絕的乾號聲來，他的聲音，實是慘得令人不忍卒聽！

一直到有人按住了他的肩頭，猛烈地搖他的身子，他才停止了號叫，也看清了搖他身子的人，是干維爾警官，而其餘六人也來了。

干維爾警官焦急地問道：「什麼事，發生了什麼事？」

高翔指著前面，道：「沙層……坍了下來，他們被活埋在下面了，他們一定已經死了，我……我為什麼不和他們在一起——」

高翔傷心欲絕地講到這裡，突然，就在他手指所指的不遠處，「颼」地一聲，射出了一支鐵錨形的鐵鉤來，落在沙子上。

原來高翔傷心欲絕地在坑道內奔著，不知不覺間已來到了坑道的盡頭處，而他所在的地方下面，恰好就埋著木蘭花等三人！

當那支鐵鉤才一從沙中冒出來之際，所有的人都是一呆。一時之間，他們都無法明白究竟發生了什麼事，一位警官俯身將那鉤子取了起來，鉤子下面還有七八呎長的一截繩子拖著。

也就在這時候，高翔舉著雙手直跳了起來！

他那突如其來的行動，將在他身邊的干維爾警官嚇了一大跳，忙道：「你——」可是他才講出了一個字，高翔便已高叫了起來：「他們沒有死，他們被埋在沙下，他們沒有死，他們至少可以支持六小時了！」

干維爾警官等人還在發怔，但高翔已用力在干維爾警官的身上推了一下，那一下，推得干維爾警官幾乎跌倒在沙上。

「我們還等什麼？」高翔用嘶啞的聲音呼叫著，「快去準備掘沙機，我們要爭取每一分鐘的時間，就在這裡掘下去，木蘭花他們，就在下面！」

其餘的警官也全都圍了上來，但他們都望著干維爾。

干維爾警官低著頭，像是在考慮是不是應該下令去救木蘭花一樣。他的那種神態，令得高翔覺得十分之迷惑和不解。

但是在高翔混亂的思緒還未曾理出一個頭緒之際，干維爾警官已然作出了決定，他道：「好，我們的確要珍惜每一秒鐘時間，快去準備！」

高翔最先跳出了坑道，掘沙機等的應用機械，全在半哩外的石室附近，要移動到這裡來，是十分容易的事，二十分鐘之後，第一架掘沙機已在開始工作了。

被壓在沙層下的木蘭花、雲四風和穆秀珍三人，是不知道他們已然有了生機的，他們等於是在暗無天日的情形下等死。

雲四風的右手在沙漠中慢慢地移動著，他的手碰到了穆秀珍的手，兩人的手立時緊緊地握在一起，雲四風吁了一口氣，道：「秀珍，我很高興。」

穆秀珍並不出聲。

「我很高興，」雲四風重複著，「因為在生命的最後一刻，我能夠和你在一起，秀珍，就算你想逃避我，也不能了。」

他講到這裡，乾笑了幾聲，像是在自嘲。

「我，」穆秀珍的聲音有點哽咽，說：「我沒有……沒有想逃避過你，一直也沒有，甚至……在第一次見你時，我就沒有想過逃避！」

「可是，」雲四風心中大喜，他將穆秀珍的手捏得更緊，同時又想起了以前穆秀珍對自己的冷淡，「可是你以前為什麼……」

「唉，」穆秀珍嘆了一聲，幽幽地道：「我也不知道。」

雲四風沒有再說什麼，他知道自己已得到了穆秀珍的芳心，可是，卻是在如今這樣的情形之下得到的，美是夠美了，但卻也太淒艷了！

他們兩人沒有再說什麼，只是聽得木蘭花仍然在呼救，由於不斷呼救的結果，木蘭花的聲音，聽來已變得十分之嘶啞了。

在極度的漆黑之中，他們是無法知道時間究竟過去了多久的，他們是在絕望的情形之下等待著的，他們等待的絕不是獲救，而是死亡之神的來臨。

他們只是等待著壓縮氧氣的用罄，那麼，死神便會擁抱他們，他們的身子，將會永遠被埋在沙下，只怕永不會有人發覺。

可是，高翔到哪裡去了呢？

木蘭花苦苦思索著這個問題，但是她卻得到不到答案，因為她遭遇的變故是突如其來的，她根本不知道高翔在洞外的情形如何。

時間在慢慢地過去，突然間，他們三人都感覺到沙層似乎在動，在向下沉，雲四風首先打破了沉默，道：「沙在向我們擠過來！」

木蘭花沉聲道：「是的，我早已覺察到了。」

「那……豈不是不等氧氣用完，我們就——」

穆秀珍的話並沒有講完，因為在突然之間，他們見到了一絲光亮！

那簡直是不可能的事，但是他們的確是見到了光亮。光亮在他們的左邊。

而當他們見到了那一絲光亮的同時，他們也都聽到了機器的軋軋聲，和高翔的叫喚聲，以及其他許許多多的聲音。

那是完全在意料之外的生機！

意料之外的喜事，和意料之外的變故一樣，是會使人發呆的，是以一時之間，他們三人仍然蜷縮在石板之下，竟不知如何才好！

然後，他們看到了高翔。

高翔手中的鏟子飛舞著，他人則伏在沙上，他一面在鏟撥著面前的沙，一面高叫道：「蘭花，秀珍，四風！你們聽到我的聲音麼？」

他一定已叫了許久，因為他的聲音，啞得幾乎聽不見。

那時，他離開木蘭花他們，實際上只有一碼的距離了，但是他卻並沒有發現木蘭花，是以，當木蘭花突然用十分平靜的聲音，應了他一聲之際，他也呆住了！

他的臉上呈現出不可信的神色來，然後，他猛地拉住了木蘭花的手，將木蘭花從石板之下拖了出來，緊緊地擁著她。

穆秀珍和雲四風兩人也相繼走了出來。

他們重又回到了新鮮空氣之中，那種舒暢，實在是令人難以形容的。

穆秀珍和雲四風兩人互望了一眼，穆秀珍才想起剛才已答允了將芳心獻給雲四風的話，臉上略顯紅了一紅。但是，過度的喜悅，立時沖刷了她心中的羞澀，她叫道：「高翔！高翔！」

高翔轉過頭來，穆秀珍拍著身上的沙，道：「高翔，真想不到還能見到你，你是怎麼知道我們是在沙下被活埋著的？」

「那支鐵鉤。」高翔回答著。

「那是四風射上去的。」木蘭花解釋著。

這時，他們是在一個八呎深，約有十呎直徑的圓坑之上，干維爾警官在上面叫道：「你們快上來，沙坑隨時會坍下來的！」

從上面放下來的繩子，將他們四人一個一個地吊了上去。干維爾警官道：「布卡呢？」

「他只怕已死了，當變故發生之際，我們恰好來得及滾到了那神像之下，而一塊大石板又壓了下來，遮在我們的上面——」

木蘭花講到這裡，猶有餘悸地道：「我們之能夠死裡逃生，全然是運氣，那可以說是近乎奇蹟的運氣！」

雲四風卻道：「蘭花，你怎麼不將你自己的機智估計在內？如果不是你在變故發生之前的半秒鐘意識到會有事發生，而將我們兩人先推了下去的話，那麼至少我們兩個人是不會有生還的希望的了。」

木蘭花搖著頭，道：「總之是運氣！」

干維爾警官到這時才插進口來，道：「那麼，迦太基人的藏金——你們根本未曾發現，便已出了意外了，是不是？」

這時，向下看去，可以看到那石臺，石臺之上，在神像倒下之後，留下了一個洞。那洞中當然也已塞滿了沙，但是還可以看到幾個大齒輪。

那些齒輪，自然就是導致整條地下街道崩坍的機關了。

木蘭花吸了一口氣，她指著那石臺，將如何發現地下街道，如何以為藏金一定是在那石臺之中，因之去推倒神像，以致引得整條地下街道全都崩下的經過，講了一遍，干維爾警官用心地聽著。

木蘭花講完，干維爾警官才道：「那麼照這樣的情形看來，在地下街道的下面，仍然是有著暗道的，我們要將這石臺炸開來看看。」

在經過了剛才那生死一線的經歷之後，木蘭花等四人對於是否能發現迦太基城的藏金一事，興趣已然大大地減低了！

因為他們已感到，在世界上，最可貴的是生命，而不是黃金，當他們被埋在沙層中的時候，即使全世界的黃金全屬於他們，那又有什麼意義！

但是干維爾警官的提議，卻也是十分合理的。

是以木蘭花點頭道：「我們可以試試。」

干維爾警官指揮著別人，搬來了烈性炸藥，埋入石臺的那個洞中，他們都退了開去，這時候，天色已然漸漸黑下來了。

他們退開了四十碼左右，在那堵蚌殼形的牆後，干維爾警官用力按下槓桿，「轟」地一聲巨響，濃煙冒起，黃沙飛揚。

等到濃煙飛散，和揚起的黃沙又沉了下去之後，他們才又來到了那沙坑之前，石臺已經完全被炸毀了，可以看到有一個可供人爬進去的洞口。

十一個人，各帶著強烈的電筒一起爬了進去，那洞口的進口處十分窄，裡面也只能彎著腰來行走，那情形像是現代城市的下水道。

他們看到有無數鉤子向上升著，每一個鉤子之間，本來都可能是鉤住的，但是這時卻已全散了開來，那地道的長度和地下街道相等。

但是，他們卻未曾發現任何藏金！

在他們往回走的時候，高翔突然道：「等一等，那些鐵鉤，可能不是鐵鉤，而是金子的！」

走在前面的干維爾警官，連忙拉下了一個，用隨身攜帶的小刀子，用力地刮著，木蘭花嘆了一口氣，道：「別浪費氣力了！」

高翔道：「為什麼，有這個可能的。」

「絕對沒有！」木蘭花肯定地回答道：「這些鉤子全是要用來承擔數噸以上的力道，維持地下街道歷時兩千年之久仍然保持完整的，那一定是當時所能鑄出來的最好的鋼，金子是十分柔軟的，怎能用來作負荷如此之重的用途？」

干維爾警官頹然地拋開了手中的鐵鉤，道：「那樣說來，迦太基人的藏金是沒有希望的了？是我們找不到，還是它根本不存在？」

木蘭花苦笑了一下，道：「兩者都有可能。」

他們魚貫出了地道，上了沙坑，木蘭花背著雙手，來回走了幾步，道：「干維爾先生，我們已承認失敗，放棄尋找了！」

干維爾警官苦笑著，道：「那是十分可惜的事情，但既然連你們也認為必須放棄了，那我們看來，也真的只好放棄了。」

木蘭花感到十分難過，她道：「我的一生之中，可以說從來也未曾做過這樣沒有意義的事，花了這許多時間，竟然一無所獲！」

穆秀珍也大有同感，道：「還差一點賠了一條命！」

雲四風卻十分樂觀，道：「不經一事，不長一智，至少以後再有什麼活龍活現的寶藏圖之類，我們不會再上當了。」

干維爾警官也苦笑了一下。他們一起擠上了一輛吉普車，駛回半哩之外的營地。到了營地之後，他們因為明天已準備回去，所以不必再保存多餘的食水，他們每一個人都痛痛快快地洗了一個澡，並且吃了一頓豐盛的晚餐，回到各自的營帳中睡著了。

第二天早上，最早醒來的是穆秀珍。

她伸了一個懶腰，坐起身來，看到和她同帳的木蘭花還在睡著，她赤著足，一面伸著手，一面走出了營帳，當她一走出營帳之際，她不禁呆住了。

那時，太陽剛升起。在朝陽的照耀之下，整個沙漠都閃閃生光。

但是，在前面，就在她這時所站的地方面對著的方向，她卻看到了一團燦爛的金光。

那是真正的一團燦爛之極的金光！

那種黃澄澄，令人目為之眩的金光，毫無疑問，是一大堆金子所發出來的，而且，發出金光的所在，就是他們昨天被活埋的地方！

在開始的半分鐘之內，穆秀珍完全呆住了！

因為她實在無法想像金子是從何而來的，難道是吊在天上，在夜晚落下來的麼？當然不可能是，那麼，為什麼昨晚他們什麼也沒有看到呢？

還是那根本不是金子的反光，而只是朝陽的光芒？

但是在呆了半分鐘之後，朝陽升得更高，那黃金的光芒也更燦爛，更耀目了，她開始高叫了起來，道：「你們快起來，你們快來看！」

她的叫聲，將每一個人都吵醒了。

而每一個從帳篷中走出來的人，向穆秀珍指著的那方向看去，只看了一眼，所有的人全都呆住了，以致在兩分鐘之後，木蘭花才道：「我們過去看看！」

穆秀珍叫道：「快來呀！」

她奔向一輛吉普車，所有的人全跟在她的後面，紛紛上了車，穆秀珍用最高的速度，向前駛去。

不必駛到近前，只駛到了離昨晚出事的地點，還有數十碼之際，他們便已看清那究竟是怎麼一回事了！

那一堵牆，在整個地下街道倒下之際，仍然屹立著，竟是純金的！

一堵純金的牆！

那牆約有四呎厚，在金子層的兩旁全是石塊，金子層大約有兩吋厚，石塊砌在金子之外，在昨晚炸毀石臺的爆炸中，有十來塊在頂部的大石被震落，現出了金子層來。而昨晚由於天黑，他們竟沒有注意，直到今日早晨，才被穆秀珍首先發現！

穆秀珍將車子直駛到了近前，各人紛紛下車來。

干維爾警官像是著了魔似地，在金牆前面團團打轉，其餘幾個警官都失聲地叫道：「黃金！黃金！這全是黃金！」

穆秀珍等四人絕不是貪財之人，但是當那麼多的黃金呈現在眼前的時候，他們也不禁為之目馳神眩，感到驚心動魄!!

他們四人肩靠肩地站立著，仰頭望著那整面金牆頂上暴露出來的部分，好久，穆秀珍才道：「蘭花姐，這裡究竟有多少金子？」

「這是難以估計的，」木蘭花回答，「唉，其實我早應該想到，為什麼地下街盡頭的那堵牆，要造成像平坦的碗底一樣，唯有這種形狀，才是符合力學的原則，可以使沉重而又只有兩吋厚的黃金豎起來，不致於變形，我如果早想到這一點，也不會有昨晚的禍事了！」

穆秀珍興奮地道：「蘭花姐，這許多黃金，有一大半是我們的，唉，天知道，我們運了回去之後，將它放在什麼地方好呢？」

木蘭花還未曾回答，只聽得他們的身後，突然傳來了一個冷冰冰的聲音，道：「這一點，你們不必操心，因為這些黃金沒有一點是屬於你們的！」

那是干維爾警官的聲音，但是，他的聲音這時聽來，卻是如此的冷酷，而且，他所講的話，又是那樣地駭人和不合理！

木蘭花等四人連忙轉過身來。

可是當他們轉過身來之際，他們更呆住了！

除了干維爾警官之外，其餘六名警官，每一個人的手中都握著一柄手槍，而且，槍口全是對準了他們的！而他們的臉上，卻又一樣地冷酷！這令得他們四人，全都感到意外之極。

穆秀珍首先道：「好傢伙，你們想幹什麼？」

干維爾警官冷冷地道：「我只不過想告訴你們，這裡所發現的黃金，沒有一點是屬於你們所有的，你們聽到了沒有？」

穆秀珍大怒，但是她還未曾出聲，木蘭花一伸手，已將她攔住，低聲道：「秀珍，別出聲！」然後，她才道：「我想你們的算盤打錯了，你們絕不能將那麼巨量的黃金據為己有的，你們的犯罪行為，將是絕不能隱瞞的，警官先生！」

干維爾警官一聽，突然「嘿嘿」地笑了起來。

高翔怒道：「笑什麼，你們七個人有本領將這麼多的黃金，運出沙漠去麼？」

「我們當然沒有這個力量，但我們的國家有。」

木蘭花等四個人陡地一呆。

木蘭花立時反問道：「你們的國家有，那是什麼意思？」

「我們來參加工作之前，」干維爾警官用一種十分嚴肅的神情宣布，「內政部長曾經給我們一個極其秘密的命令。」

「那命令是什麼？」

「如果發現了黃金，所有的黃金都歸國家所有。我們的國家十分貧困，貧困得要允許我們的敵人，整個阿拉伯世界的敵人就在我們的身側發展，所以，我們需要足夠的黃金來擴充軍備，來使我們能和我們的敵人好好地打上一仗！」

干維爾警官像是在演講一樣。

木蘭花靜靜地聽他講完，才道：「那樣做，你們的國家或者可以多得些黃金，但是，你們國家的聲譽卻也因之掃地了，因為我們是訂有合約的，在我們遞交給你們政府的申請書上，你們政府的內政部長曾簽署一份文件，講明是三七分的。」

「對了，」雲四風道：「我們可以公布這份文件。」

「你們只管公布好了。」干維爾警官冷冷地回答。

「那樣，國際輿論會怎樣？」木蘭花問。

「不怎樣，因為我們沒有做什麼違反合約的事，你們的申請書是說：如果木蘭花尋寶隊得到了藏金，那麼就三七分。而事實上，木蘭花尋寶隊什麼也沒有發現，公開宣布失敗，宣布放棄了的，是不是？」干維爾警官狡猾地笑著。

「可是如今我們發現藏金了！」高翔叫著。

「那不是木蘭花尋寶隊發現的，是布卡尋寶隊發現的，布卡尋寶隊的領導人布卡已經死了，所發現的藏金，在多數隊員的議決下，決定全部貢獻給政府。」

「見鬼，什麼叫多數隊員的意見？」

「我們這個探險隊是十一個隊員，現在七個隊員贊成將發現的寶藏全部貢獻給政府，那是七對四，還不是多數決定麼？」干維爾警官理直氣壯地回答。

穆秀珍、高翔和雲四風三人，一起望著木蘭花，等候木蘭花的決定，因為聽來，對方的話是難以駁得倒的。

而木蘭花這時，心中也是亂成了一片。

在經歷了如許的曲折之後，還會有這樣的一個波折，那是木蘭花絕想不到的一件事，在如今這樣的情形下，應該如何呢？

她呆了好一會，才道：「你們真是在為國家著想麼？」

「當然是。」干維爾警官立時回答。

「那麼，你們自己也什麼都得不到了。」

「我們根本不要！」干維爾警官的回答更大聲了。

「你們的這種精神，很使我佩服，但是實際上，你們的做法，我是不能稱之為『愛國』的，因為你們的國家得了這批黃金，定然是去購買更多的軍備，蠢蠢欲動，準備打仗，而戰爭只會給你們的國家，給你們的阿拉伯集團帶來損害！」木蘭花一本正經地說著。

「也許會那樣，但如今我們似乎不必討論這個問題，我們只是在執行部長的秘密命令，你們將被押解回突尼斯市去，和部長見面。」

木蘭花笑了起來，道：「那也未免太緊張了，那樣大塊的黃金，若是得不到你們國家的協助，是誰也弄不走的，何必要『押解』我們回去？」

穆秀珍道：「蘭花姐，難道……難道……」

雲四風道：「難道就這樣算了？」

木蘭花攤了攤手，道：「不這樣算了，有什麼辦法？我們能和一個國家作對麼？別難過，一個國家有了那麼多的黃金，也未必是一件好事，何況是我們，沒有那些金子，我們也不見得會餓死，而且，我們至少也得到了一點收穫。」

「我們得到了什麼？」穆秀珍問。

「一個教訓！」木蘭花重複著：「我們得到了一個教訓，它教訓我們，千萬別太過分地相信人，當你太相信人的時候，人家就開始利用你了！」

干維爾警官的臉上，紅了一紅。

木蘭花拍了拍手，道：「好了，我們走吧！」

穆秀珍雖然還憤憤不平，但是也無可奈何了。

當天晚上，他們就回到了市內，他們被帶到了內政部長的辦公室。

在辦公室中，內政部長興奮地在走來走去，一見了木蘭花等人，便停了下來，道：「你們來了，我們的專家，已去估計迦太基人的藏金究竟有多少價值，我想數目一定大得驚人！」

高翔坐了下來，故意不禮貌地將雙腳擱在部長的辦公桌上，道：「那和我們有什麼關係？你要我們來，就是為了講這些麼？」

部長的神色相當尷尬，但是他仍然狡辯著，道：「你們要弄清楚，這絕不是我們在掠奪，因為藏金不是你們的尋寶隊發現的。」

部長的話，更令得他們四人發怒。

部長皮笑肉不笑地乾笑了幾下，道：「我請你們來，是要你們對這件事的經過，最好保守秘密，絕不要向外人提起。」

雲四風冷冷地道：「既然不是掠奪，為什麼怕我們對外人提起？」

內政部長面色一沉，道：「如果你們不能遵守秘密的話，那麼我必須請你們在這裡多住半年，我們不能讓敵人知道我們已有了足夠的軍費。」

木蘭花嘆了一聲，道：「好，希望你們能夠打勝仗，我們答應保守秘密，但是我不得不說，你，以及你們的集團，是十分之卑劣的。」

內政部長望定了木蘭花，好久，才道：「我會記得你這句話的。」

木蘭花一字一頓，又道：「希望你再記得我另外的話，一個如此卑劣的集團，不論有了多少軍費，想要打勝仗都是不可能的！」

內政部長大聲地道：「小姐，你太過分了，要知道，阿拉伯集團中的政治領袖中，是包括你的好朋友，薩都拉總理在內的，豈不是你連他也罵在內麼？」

「如果他也贊成發動戰爭的話，那麼我就將他也罵在內。」木蘭花從來也沒有這樣激動過，她甚至在桌上重擊了一下。

內政部長沉聲道：「那麼，你是將他也罵在內了，他正是我們集團之中，主戰最力的一位——你們肯保守秘密，那你們可以離去了！」

高翔縮回了他擱在桌上的腳，懶洋洋地站了起來，做出一個十分鄙視的神情，木蘭花的臉色則十分凝重，像是在想什麼心事。

他們離開了內政部長的辦公室。

當他們飛回家的時候，當然他們全是十分沮喪的，因為他們發現了迦太基城的藏金，但是他們自己，卻什麼也沒有得到！

非但他們自己什麼也沒有得到，而且，連包博士的遺言，他們也未能做到，包博士曾希望他有一個全世界最華麗的墳墓，但他們既然什麼也沒有得到，鮑博士在九泉之下，也自然只好失望了。

一個月之後，世界各大通訊都從中東發出了戰雲密布的消息，阿拉伯集團準備打仗了，消息也迅即傳至世界每一個角落。

戰爭看來似乎不可避免了，所有的阿拉伯國家都表示站在同一陣營。

戰爭終於爆發了。

但是戰爭結束得也快，只不過幾天就結束了。

戰爭是以阿拉伯集團大失敗為結束的。

那一天早上，木蘭花拿著報紙，看到了戰爭的結果，她放下了報紙，道：「秀珍，你看，竟給我不幸而言中，他們失敗了！」

「哼，他們不失敗，我還吃得下東西麼？」穆秀珍三口就吞下了一塊麵包。

「這麼多的黃金，用來建設國家，一定大有可觀，但用在戰爭上，不到幾天，就什麼都完了，而且還擔了一個失敗的惡名！」木蘭花嘆息著，搖著頭。

「快吃早點吧，理會他們做什麼！」穆秀珍開心地笑著，「我們沒得到什麼，他們自以為妙計百出，但一樣什麼都得不到！」

木蘭花也笑了起來，她想起了一句話：人算不如天算！

一切事情，似乎是冥冥中早有安排的。

請續看《木蘭花傳奇》13 黃金劫

倪匡奇情作品集

木蘭花傳奇 12 死城（含：三張面具、死城）

作　者：倪匡
發行人：陳曉林
出版所：風雲時代出版股份有限公司
地址：10576台北市民生東路五段178號7樓之3
電話：(02) 2756-0949
傳真：(02) 2765-3799
執行主編：朱墨菲
美術設計：許惠芳
業務總監：張瑋鳳
出版日期：2023年11月
版權授權：倪匡
ISBN ：978-626-7303-86-3
風雲書網：http://www.eastbooks.com.tw
官方部落格：http://eastbooks.pixnet.net/blog
Facebook：http://www.facebook.com/h7560949
E-mail：h7560949@ms15.hinet.net
劃撥帳號：12043291
戶名：風雲時代出版股份有限公司

風雲發行所：33373桃園市龜山區公西村2鄰復興街304巷96號
電話：(03) 318-1378　　傳真：(03) 318-1378
法律顧問：永然法律事務所 李永然律師
　　　　　北辰著作權事務所 蕭雄淋律師

行政院新聞局局版台業字第3595號 營利事業統一編號22759935

定價：299元　　**版權所有　翻印必究**

國家圖書館出版品預行編目資料

死城／倪匡 著. -- 臺北市：風雲時代出版股份有限公司, 2023.07, 面； 公分.（木蘭花傳奇；12）

ISBN : 978-626-7303-86-3（平裝）

857.7　　112010228